ハヤカワ・ミステリ文庫
〈HM462-5〉

ザ・チェーン　連鎖誘拐

〔下〕

エイドリアン・マッキンティ
鈴木 恵訳

早川書房
8480

日本語版翻訳権独占
早　川　書　房

THE CHAIN

by

Adrian McKinty

Translated by
Megumi Suzuki
First published 2020 in Japan by
HAYAKAWA PUBLISHING, INC.
This book is published in Japan by
arrangement with
LITTLE, BROWN AND COMPANY
NEW YORK, NEW YORK, U.S.A.
through TUTTLE-MORI AGENCY, INC., TOKYO.

ザ・チェーン　連鎖誘拐

〔下〕

登場人物

レイチェル・クライン……………………シングル・マザー
カイリー……………………………………レイチェルの娘
スチュアート………………………………カイリーの友人
マーティ・オニール………………………レイチェルの元夫。弁護士
ピート………………………………………マーティの兄。元軍人
タミー………………………………………マーティのガールフレンド
トビー・ダンリーヴィ……………………12歳の少年
アミーリア…………………………………トビーの妹
マイク………………………………………トビーの父
ヘレン………………………………………トビーの母
エリック・ロンロット……………………数学者

トム・フィッツパトリック………………FBI捜査官
シェリル……………………………………トムの後妻
オリヴァー…………………………………トムの長男
マーガレット………………………………トムの長女
アンソニー…………………………………トムの次男
ダニエル……………………………………トムの父。通称レッド

第一部　行方不明の少女たち（承前）

38

日曜日、午後十時五十九分

黒い大西洋。黒い空。そこに散らばるくすんだ星々。デッキの椅子に座ってレイチェルが煙草を吸っていると、携帯のWickr《ウィッカー》アプリが着信音を鳴らす。メッセージが届いたのだ。

レイチェルはそれを読み、咀嚼《そしゃく》し、パニックモードになり、自分を落ちつかせ、使い捨て携帯を手に取り、アペンゼラー邸のピートに電話をかけて、そのメッセージを読みあげる。

「それはダンリーヴィ夫婦がなんとかすることじゃないのか?」ピートは訊く。

「〈チェーン〉のやつらはあたしに接触してきた。これがあいつらの話してた報復なの。

ホッグ夫妻がすべてをだめにしたら、それはダンリーヴィ夫妻がヘマをしたということだから、あたしがアミーリアを殺して新たな標的をさらわなくちゃいけないわけ。さもないと、こんどはあたしが狙われる」

「そこにいてくれ。すぐにそっちへ行くから」とピートは言う。「アミーリアは眠ってる」

レイチェルはヘレン・ダンリーヴィに電話をかけるが、鳴らしても鳴らしても応答はなく、やがて留守番電話につながる。再度かけてみるが、やはり誰も出ない。一分待ってから再々度かけてみるが、結果は同じ――あのばか女、死んだか電源を切っているかのどちらかだ。

ダンリーヴィ家のパソコンも切れている。彼らの電子機器はどれも探知できない。何があったの？　どういうこと？

ウィッカーにログインして、2348383hudykdy2 にメッセージを送る。〝ダンリーヴィ夫妻が電話に出ない〟

すぐに返信が来る。〝それはこちらの問題ではない。おまえの問題だ〟

一分後、ピートがやってくる。「ダンリーヴィ夫婦はなんと言ってた？」

「電話に出ないの、あのばか夫婦。電源を切ってる」

「じゃ、どうする？」

「アミーリアを殺して一からやりなおしたりはしない」

「あたりまえだ」

ピートはどんよりした自分の眼にレイチェルが気づかないでくれることを願う。十五分ばかり前に注射を打ってしまったのだ。今日はもう何ごとも起こらないだろうと思ったし、体が麻薬を渇望してもいたので、降参してアペンゼラー邸のキッチンで打ってしまった。

「ピート？」レイチェルが言う。

「おれはもう何も考えられないよ」ピートはのろのろと答える。

「その男をおとなしくさせろって、ダンリーヴィ夫妻に今夜、いまから言いにいこう」

「電話しろよ」

「したんだってば！　むこうが出ないの。人の話をちゃんと聞いてる？」

「娘が誘拐されてるときに、電話を切ってるやつなんていないるかな」ピートは疑問を口にする。

「ひょっとしたらもう死んでるのかも。もう報復で殺されてて、次はあたしたちなのかも」レイチェルは言う。

「こうしてるあいだにも襲ってくるかもしれない」

「カイリーをアペンゼラー邸へ移そう。あの家のことを知ってるのはあたしたちだけだから」レイチェルは言う。

かが起きてるから」

「準備しておくよ」

レイチェルはカイリーの部屋に行く。カイリーはまだ起きていて、アイパッドを見ている。「悪いけど、カイリー、今夜ここにいるのは安全じゃなくなった。〈チェーン〉で何かが起きてるから」

カイリーはおびえる。「え？　あたしたち襲われるの？」

「いいえ。まだだいじょうぶ。ママは片付けなくちゃならないことがあるから、あんたをアペンゼラーさんのところへ連れていく。あそこなら安全だから」

「あたしを取りもどしにくるんじゃないよね？」

「ええ、そうじゃない。あんたは安全。心配しないで。これはただの用心だから。ピート伯父さんとママに任せておけばだいじょうぶ。さあ、仕度をして」

レイチェルとカイリーは車でアペンゼラー邸へ行き、裏口からこっそりと中へはいる。四五口径とレイチェルのショットガンを持ったピートが、キッチンで待っている。

カイリーはその銃を見て喉をごくりとさせ、それからピートにハグをする。

「その女の子はここにいるの？」

レイチェルがうなずく。

「どこ？」

「地下室だ。眠ってる」ピートが言う。

「ピートとママは出かけなくちゃいけない。アミーリアはたぶん起きないだろうけど、もしあんたが下へおりなきゃならなくなったら、これをかぶりなさい」とレイチェルは黒いスキーマスクをカイリーに渡す。

「顔を憶えられないようにするためね」カイリーはそれを見つめながら愕然として言う。

「これ以上あんたを深入りさせたくはなかったけど、もしアミーリアが泣きだしたら、あんたが行って慰めてあげるしかないと思う」とレイチェルは言う。「あんまり大声を出させるわけにはいかないから」

「まあ、朝まで眠ってるとは思うけどね。一時間ほど縄跳びをさせたから」ピートが言う。

「ママたちはどこへ行くの？」カイリーは母親に訊く。

「緊急事態に対処しにいかなきゃならないの」

「どういう緊急事態？」

「だいじょうぶよ、ハニー、大したことじゃないけど、ママたちは行かなくちゃならないから、あんたはここでアミーリアと一緒にいてちょうだい」

「何が起きてるのか教えてよ！」

レイチェルはうなずく。カイリーには教えるべきだ。「〈チェーン〉の先のほうにいる家族が、警察に通報しようと考えてるの。それを止めなくちゃいけない。警察に通報されたら、あたしたちの身が危なくなる」

「で、どこへ行くの？」

「プロヴィデンス」

「そこへ行ってその家族に、身代金を払ってママたちのしたことと同じことをやれって言うわけ？」

「そう」

「ママたちがもし……もし帰ってこなかったら？」

「ママたちが朝までに帰ってこなかったら、パパに電話して迎えにきてもらいなさい。この家を出ないで。うちには帰らないこと。パパが迎えにきたら、全部話しなさい。それまであんたの携帯は切っておいて」

カイリーは真面目くさってうなずく。「朝の何時まで？」

「おれたちのどっちかから、そうだな、十一時までに連絡がなかったら、それはたぶんおれたちが失敗したってことだ」ピートが言う。

「死んだってこと？」カイリーは唇を震わせる。

「そうとはかぎらない。何かがうまくいっていないだけ」レイチェルはそう答えるが、〝死んだ〟というのがいちばん可能性の高いシナリオだろう。

カイリーは母親とピートを抱きしめる。「あたしのことは心配しないで。ちゃんとその子を見てるから」

これで娘も誘拐の共犯者になってしまった。レイチェルは悔しさと怒りを覚える。だが、いつまでもそんな感情に浸っているわけにはいかない。時間は刻々と過ぎている。彼女は頬の涙を拭う。「じゃ、仕事にかかりましょ」とピートに言う。「あたしが運転する」

39

日曜日、午後十一時二十七分

左手には沼地、右手には湿地。ハイビームにしたヘッドライト。ガンオイルと、汗と、恐怖のにおい。どちらも口を利かない。レイチェルは運転席でハンドルを握り、ピートは助手席でショットガンを手にしている。

マサチューセッツ州ベヴァリー。

古い木造の家々。オークの並木。ときおり現われるアパートメント。静寂。テレビと防犯警報器の青い光。

夜の郊外の倦怠《けんたい》。それはありがたい。お節介な連中が歩道から減る。

ポセイドン通り。

ダンリーヴィ家の明かりは消えている。

「停まらないで。ブロックをまわりこもう」ピートが言う。

レイチェルは言われたとおりにし、一本離れた通りに車を駐める。

静まりかえった街。あたりには誰もいない。疑問はひとつだけ——いったいなぜヘレン・ダンリーヴィは電話に出ないのか？

一家全員がキッチンの椅子に縛りつけられて喉を切られている光景が眼に浮かぶ。

「家の隣のあのみすぼらしい木立から敷地にはいれる。で、裏口から忍びこむ」

「どうやって？」レイチェルは訊く。

ピートはレンチとロックピックのキットを見せる。「あくまでもやるつもりならだけど」

「やる。もう突き進むしかないんだから」彼女は答える。

だが、実際は〝突き進むしかない〟なんて生やさしいものではない。もはやマクベス夫人を全開にするしかない。それを演じ、信じ、なりきるしか。ピートのため、自分のため、カイリーのために——家族の命が危険にさらされているのだ。

「電磁パルス・キットを持ってるから、警報システムがあっても妨害できる。中にはいったら、あとは拳銃を使う」そう言って、ピートは自分のグラブ・コンパートメント用三八口径をレイチェルに渡す。

銃。みすぼらしい木立。

ピートはダンリーヴィ家の北側の柵を乗り越えようともがく。レイチェルは彼を見つめる。どうしたんだろう？　クスリでもやっているのだろうか、とまた不安になる。それとも、内緒にしている負傷でもどこかに抱えているのだろうか。ピートには百パーセントでいてもらわなければ困る。

「だいじょうぶ？」と彼女は険しい口調で言う。

「ああ！　平気だよ。きみは？」

レイチェルは闇の中で彼をにらみつける。

「急いだほうがいいんじゃないか？」ピートは言う。

「そうね」

ダンリーヴィ家の裏庭。おもちゃ、庭用のテーブルと椅子、ぶらんこ。キッチンへはいる裏口。

「行こう」レイチェルは言う。

懐中電灯をオン。電磁パルス・キットをオン。

ピートはもたもたとロックピックを操る。右手が少し震えている。

「あけられる？」

「ああ。こいつは前にもあけたんだ。いつまでもおれの求愛を拒んだりはしないさ、任せとけって」

三分。四分。

「ほんとに？」

ようやく鍵があく。ピートはドアの把手《とって》をまわす。防犯チェーンはない。警報器も鳴りださない。

「だいじょうぶ？」レイチェルは訊く。

「ああ」

ふたりはスキーマスクをかぶってキッチンにはいりこむ。レイチェルは自分の懐中電灯をつけてぐるりと室内を照らす。

死体はない。暗殺者もいない。

「行く先はわかってる？」レイチェルは小声で言う。

「ああ。こっちだ」ピートは言う。

ピートのあとをついて階段をのぼる。

床には絨毯《じゅうたん》。壁には写真。のぼりきったところに大きな時計。銃を持った人影を鏡の中に眼にして、レイチェルは一瞬ぎょっとする。

「左側の最初の寝室だ」ピートがささやく。

寝室にはいる。体臭。酒のにおい。ベッドで女がいびきをかいている。懐中電灯の光を部屋の隅々に。ほかには誰もいない。ピートが忍び足でベッドに近づいて、女の横にひざまずき、手で口をふさぐ。女はピートの手の下で悲鳴をあげるが、ピートは女を押さえつける。

ピートが大きな手で女の叫び声を押し殺しているあいだに、レイチェルは部屋続きのバスルームを点検する。

「問題なし」と伝える。

「あんたがヘレン・ダンリーヴィか？」とピートは訊く。「そうなら、うなずけ」

女はうなずく。

「旦那はどこだ？」とピートは訊く。「ひと言で答えろ。部屋の名前を。小声で言えよ。大声を出したら命はないぞ」

「地下室」とヘレンはかすれ声で言う。

「あたし、あんたに電話したのよ。あたしの声がわかる？」レイチェルは訊く。

「アミーリアをさらった人でしょ」とヘレンは言い、泣きだす。

「子供はどこ？　ヘンリー・ホッグは？」レイチェルは訊く。

「地下室」

「旦那と一緒？」

「あたしたち、かわりばんこに――」

レイチェルは横眼でピートを見る。「旦那をここへ連れてきて。あたしはこの女とここにいるから」

レイチェルが寝室の明かりをつけてヘレンに三八口径を向けているあいだに、ピートは下へおりていく。

「あんたの携帯はどうしたの？」レイチェルは腹を立てながら訊く。「どうして電源を入れとかないの？　なぜ枕の下に置いて寝てないの？　こんなときには普通の人ならみんなそうするでしょ？」

「でも、でも……化粧簞笥《けしょうだんす》の上にない？」ヘレンは言う。やつれて、おびえた顔をしている。眼は赤らみ、落ちくぼんでいる。少なくともそこはまともだ。

レイチェルは化粧簞笥に眼をやる。携帯は死んでいる。「充電しわすれたのね」

「知ら——知らなかった」

「娘が人質にされてるときにぐうすか寝てる？　あんたどこかおかしいの？」

「あたしはただ、ちょっとお酒を——」とヘレンが言いはじめたとき、寝室のドアがあく。

マイク・ダンリーヴィが両手を挙げたまま部屋にはいってくる。ブログやフェイスブックの写真とは似ていない。もっとずっと老けており、白髪も多く、ぶくぶくしていて、のろまに見える。お金に関してはそれなりにキレる男のはずじゃないの？　これじゃまるで、自分が学校へ子供を迎えにいく日なのを忘れていて、お迎えに遅刻するばかな父親だ。ママをやらかしたのも不思議じゃない。誘拐なんて、いったいどうやって実行したんだろう？　もしかしたら嘘をついているのかも。

「地下室に子供はいた？」レイチェルはピートに訊く。

「うん、まあね」ピートはそう言うと、あまり麗しい光景ではなかったと言わんばかりに、口笛のようなものを漏らす。

「あんたたちがアミーリアをさらったのか？」マイクの言葉にはかすかにイギリス訛りがある。

「あたしたちが預かってる」

「元気なの？」ヘレンがすがるように訊いてくる。

「元気よ。ちゃんと世話をしてる」

「どうしてうちへ来たんだ？」とマイクが言う。「指示されたことは全部やったぞ」

「いいえ。しくじったの。連絡しようとしたのに、おたくの電話は死んでるし、コンピュータはオフになってるし、だから来たの」レイチェルは言う。

ヘレンはおかしな眼でレイチェルを見つめている。

この女がもし〝あなたが誰なのかあたし知ってるかも〟みたいなことを言いだしたら、そのときはなんと、あたしは即座にこの女を撃たなくてはいけないのだ、とレイチェルは考える。

「ホッグ夫妻のことね？　あの人たちが何かしたのね？」ヘレンが言う。

「これからしようとしてるんだ」ピートが言う。

「ええ！　何をしようとしてるの？」ヘレンは訊く。

「シェイマスには元連邦保安官だった伯父がいてね。あしたスタンフォードでその伯父と会うことになってるの」レイチェルが説明する。

「それって——どういうこと？」ヘレンは愕然として尋ねる。

「理屈から言えば、あんたたちがヘンリーを殺して一からやりなおすってこと。さもなければ、あたしたちがアミーリアを殺して一からやりなおすしかない。単純な話よ。あたしは〈チェーン〉を自分の家族に近づかせるつもりはないから。わかった？」レイチェルはぴしりと言う。

「もっとほかに手立てが——」とマイクが口をひらく。

「ええ、ある。あたしたち三人でプロヴィデンスまで行って、ミスター・ホッグに直談判《じかだんぱん》するの」レイチェルは言う。

「三人で？」ピートが怪訝そうに言う。

「そう、三人で」とレイチェルは答える。「このぼんくら夫婦は信頼できないから」彼女はヘレンのほうを向く。「あんたはここに残って人質を見張ってて。旦那はあたしたちと一緒に行く。車を借りるからね。ＢＭＷでしょ？」

「ああ」とマイクが言う。

「ならスピードは充分ね。靴をはいて。ああ、それからブーちゃんを取ってきて。ブーちゃんが必要なの」レイチェルは言う。

「ブーちゃん？」マイクが訊きかえす。

「アミーリアの熊。あの子が会いたがってるの」

ヘレンがブーちゃんを持ってくる。

「あたしたちがいないあいだに警察に通報するとか、ホッグ夫妻に知らせるとか、ばかなまねをしたら、アミーリアは死ぬからね。〈チェーン〉があの子を殺して、あんたとトビーを殺しにくる。わかった？」レイチェルは言う。

ヘレンはうなずく。三人は外へ出てマイクのBMWのところへ行く。黒い大型の最高級モデル。会社が大金を稼ぐ連中に貸与するタイプ。豪華。快適。スピード。

マイクがキーをレイチェルに渡し、レイチェルは運転席に乗りこむ。

ピートはマイクとともに後部席に乗りこむ。

キーを差しこんでまわすと、車が咆哮《ほうこう》をあげる。

ルームミラーを見る。ピートはまだぼんやりしている。マイクはびくついている。どちらもうまくあつかえそうだ。あつかってみせる。

「シートベルトを締めて」彼女は言う。

40

日曜日、午後十一時五十九分

車の流れに合流する。

ハイウェイのうなり。標識。冷たい光。

それは南へ進む毒蛇だ。

軽油とガソリン。

水と光。

ナトリウム灯とネオン。

深夜の州間高速九十五号線。さまざまなライフラインと、運命と、語られぬ物語とをつなぐアメリカの脊髄《せきずい》。

ハイウェイは漂う。夢を見る。内省する。

それぞれの運命の糸がすべて、この寒い夜更けに織り合わされる。

町や出口が次々と北へ流れ去り、ほかの可能性を、ほかの道を断っていく。ピーボディ。ニュートン。ノーウッド。

グーグル・マップに次々と星座が現われてくる。

ポータケット。

プロヴィデンス。

ブラウン大学出口。ラヴクラフトの国。イースト・プロヴィデンスへ向かう昔の乗合馬車街道。大きな家々。さらに大きな家々。

メイプル街。ブラフ通り。ナラガンセット街。

「ここだ」とマイクが言う。

「これ？」

「ああ」

それは醜い擬チューダー様式の大きな家だ。二〇〇〇年代初期のいわゆる乱造邸宅で、通りには同様の物件が建ちならんでいる。

レイチェルは家の前を通りすぎて少し先に駐車する。

「はいるのは表から？　裏から？」ピートに訊く。

「難しいな」とピートはつぶやく。「犬のことや警報器のことが、わからないからな」

「じゃ、裏口にしよう」レイチェルは決断する。

三人はBMWからおり、ブロックをまわりこんでホッグ邸の裏手に行き、裏庭の金属フェンスをよじ登る。突進してくる犬はいない。投光照明もつかない。闇の中にショットガンの銃声が轟くこともない。

裏口のドアは頑丈そうだが、家の横手にもうひとつ、靴脱ぎ室のようなところへはいるドアがある。それには掛金錠がひとつついているだけなのが、ガラス越しに見える。ピートは電磁パルス・キットを作動させてから、ガラスを割る。

三人は反応を待つ。叫び声がするのを。明かりがつくのを。

だが、反応はない。

ピートは割れた窓から手を入れて、外側のドアの掛金をはずす。

三人は靴脱ぎ室にはいる。そこはコートとブーツでいっぱいの、狭い木造の小部屋だ。

懐中電灯をつける。

靴脱ぎ室からキッチンへ、キッチンからダイニングルームへ。

ダイニングルームの壁には数々の写真。

レイチェルの懐中電灯の光が一枚の家族写真をとらえる。ふたりの男の子と両親。父親は漆黒の髪をした長身の男。母親は小柄でぽっちゃりした魅力的な女で、いかにも感じのよさそうな人だ。子供たちは同じような年頃で、十三歳か十四歳ぐらい。ひとりは車椅子に座っている。なぜダンリーヴィ夫妻は車椅子の子のほうを誘拐したのだろう。なぜものごとを難しくしたのだろう。

障害のある子供を誘拐するなんて、いったいどういう人間だろう。

でも、それを言うなら、ナッツへのアレルギー反応で死ぬかもしれない子供を誘拐するのは、どういう人間なのか。

子供を誘拐するのはどういう人間なのか。

娯楽室にはいると、そこには完全な大きさの撞球台《どうきゅう》と、ダーツボード、ニンテンドーWiiのコントローラーがある。ホッグ家には少なくともお金はあるようだ。

「あんた、これを持ってたほうがいいな」ピートが上の空でそう言いながら、マイク・ダンリーヴィに九ミリ口径の拳銃を渡す。

レイチェルはびっくりしてピートを見る。どうしてそんな――

マイクがさっとレイチェルのほうを向いて、彼女の頭にその銃を向ける。

「ふん、ざまあ見やがれ、このくそ女が。今夜アミーリアを解放してもらおうか。さもないと――」

「さもないとどうするつもり？」レイチェルはすかさず言う。「あたしたちが弾のはいった銃をあんたに渡すと思うの？」

マイクはその拳銃を見つめる。「え――」

レイチェルは彼の手から銃をひったくり、ようやく自分の過ちに気づいた様子のピートに返す。

それから三八口径の銃口をマイクの頬に押しつける。

「まだわかってないようね、あんた。たとえあたしたちがアミーリアを返しても、それで終わりってわけじゃないの。〈チェーン〉は存続しなくちゃならない。そういうふうに設計されてる。だから〈チェーン〉は、あんたとアミーリアと奥さんとトビーを殺す。あんたたち全員を殺して、もう一度やりなおす。あたしとあたしの家族も殺される」

マイクは首を振る。「だけどおれは――」

レイチェルは三八口径でその顔をひっぱたく。マイクは思わず後ろの水槽のほうへよろける。レイチェルはその上着の襟をつかんで彼が倒れこむのを防ぐ。

「こんどはわかった？」とマイクを引きよせて言う。

「ああ」マイクは情けない声で言う。

レイチェルは彼の顎の下に銃を突きつけ、「わかったの？」ともう一度訊く。

「わかった」とマイクはべそをかき、本当に泣きはじめる。

レイチェルはマイクのスキーマスクを脱がせ、銃を脇におろす。彼を見つめ、そのままひとつ、ふたつ、三つまで数える。

「眼を閉じて」レイチェルは言う。

マイクが言われたとおりにすると、自分もスキーマスクを脱ぎ、彼の頭を下に向けて額と額をくっつける。

「わからないの？　あたしはあなたを助けてるのよ、マイク」と穏やかな口調で言う。

「あなたとあなたの家族を助けてるの」

マイクはうなずく。

こんどは納得したのだ。額と額。被害者であり共犯者。共犯者であり被害者。

「だいじょうぶよ」彼女はささやく。

「ほんとに？」彼は訊く。

「ええ。保証する」

レイチェルはふたたびスキーマスクをかぶり、マイクにもマスクを返す。

それからピートをにらみ、押し殺した声で言う。「いったいどうしちゃったの？　しっかりしてよ！」

横手のドアから一頭の犬が現われ、三人を見てぴたりと足を止める。大きな薄茶色のシェパードだ。

「ほら、いい子だ」とピートが言う。犬はやってきてピートの手を嗅ぎ、そのにおいが気にいる。

ピートが頭を軽くたたいてやると、犬はレイチェルとマイクのにおいを嗅ぎ、満足してキッチンへ行ってしまう。

家の表側の部屋からテレビの音がやかましく聞こえてくる。

三人は音のするほうへ、家族の写真がさらにかけられた廊下を歩いていく。

リビングルームにはいると、フォックス・ニュースに合わせたテレビの前の安楽椅子で、大柄な男がうたた寝をしている。顎のたるんだ有力者。さまざまなできごとに倒されてガリヴァーのように横たわる男。

聖書を読んでいたところらしく、かたわらの床にそれが滑り落ちている。銃を膝に載せている。

レイチェルはピートにうなずいてみせる。

ピートはその銃を慎重につまみあげて自分の上着のポケットに入れる。

「あれがシェイマス・ホッグ？」レイチェルはマイクにささやく。

マイクはうなずく。

レイチェルは聖書を拾いあげる。

ホッグが読んでいたのは『申命記』のようだ。

じゃあ、これから新しい宗教を教えてあげる。

41

月曜日、午前四時十七分

人けのない砂浜。無関心な空。寄せては返す冷たく暗い海原。
レイチェルはアペンゼラー邸の裏手の踏み段を上がる。
外からだと、家には誰もいないように見える。
中にはいりキッチンを通りぬける。
地下室の下り口へ。
「カイリー？」
下で人声がする。
傾くアングル。強張《こわば》るレイチェルの顔。うそ。こんどは何？
三八口径を取り出し、体の前にかまえて階段をおりる。
カイリーとアミーリアがお姫様テントの中にいる。

ふたりは〈オペレーション〉で遊んでいる。カイリーはスキーマスクをかぶっていない。ふたりでポテトチップスを食べており、アミーリアはきゃあきゃあと大笑いしている。アミーリアの笑い声を聞くのはこれが初めてだ。

レイチェルは階段に腰をおろして銃をしまう。

カイリーが言い付けに従わなかったことに腹を立てようとする。でも、できない。カイリーは小さな女の子の面倒を見るのに、人間としてあたりまえのやり方で接しているのだ。カイリーのほうがあたしより思いやりがある。カイリーのほうが勇気がある。

レイチェルは階上へ引き返す。

キッチンのテーブルに銃を置いて腰をおろす。

自己嫌悪と後悔でいっぱいになる。あたしがもっといい母親だったら、こんなことは何ひとつ起こらなかったのだ。

この三八口径の銃口をくわえたらどんな気分だろう。この冷たい炭素鋼を、そこが本来の場所であるかのように舌に載せたら。ふとそんな考えが頭をよぎるが、すぐにぞっとして銃を遠くへ押しやる。

「これはいつになったら終わるの？」と闇に向かってつぶやく。

だが、闇は黙りこんだままだ。

42

月曜日、午後六時

シェイマス・ホッグはよくよく教えこまれた。いまはもう理解している。計画を立て、速やかに実行している。子供の誘拐に関しては勘のいい男のようだ。コネティカット州エンフィールドまで車を走らせ、フットボール場の外でゲイリー・ビショップという十四歳の少年を待ちかまえる。ディフェンス・タックルをやっている子だ。

レイチェルはフットボールには詳しくないが、ディフェンス・タックルはみな体格がいいことは知っている。その点だけが不安だが、ウィッカーの連絡相手もこの標的を承認している。彼らはどこまで慎重に調べるのだろう？　失敗したら気に病んだりもするのだろうか？　ときには失敗するのを望んだりもするのだろうか？　モンスターの心理とはどんなものだろう？

潮位標識の上の時計を見る。

午後六時一分。

外に出てデッキで待つ。

カイリーはリビングで宿題をしている。何もかも正常だというふりをして、静かに数学をやってはいるものの、すすり泣きを漏らしている。レイチェルも一緒に座っていたいけれど、カイリーにいやだと言われる。だから窓越しに見守っている。学校は平気だったよ、とカイリーは言った。いかにも具合が悪そうだったから、病気だったという話をみんなあっさりと信じてくれたのだ。

ピートはアペンゼラー邸でアミーリアと一緒にいる。アミーリアはお姫様テントの中で、いまはひとりで〈オペレーション〉で遊んでいる。レイチェルを嫌っている。ピートにははっきりとそう言う。「あの人、嫌い。会いたくない」

それは当然だ、とレイチェルは思う。

デッキに置いた自分の携帯と、その横の使い捨て携帯を見る。七時十五分。

もしまた障害が起こったら、ダンリーヴィ夫妻はヘンリー・ホッグを殺して、一からやりなおしてくれるだろうか？　あのふたりをあてにできるだろうか？

あてにできないとなったら、あたしはアペンゼラー邸で幼いアミーリアを殺さなくてはならないのだろうか？　おびえたいたいけな幼い子供を、あのテントの中で？　三八口径はローブのポケットにはいっている。撃つのはあたしでなくてはならない。ピートにやらせるのは逃げだ。ピートはたしかに人を撃ったことはある。殺しているかもしれない。銃撃戦ならアフガニスタンで何度か経験しているし、イラクでは数えきれないほどやっている。

でも、ピートを引き入れたのはあたしなのだから。あたしがやらなくてはならない。それだけは。

ピートにキッチンで待っているように言い、靴下のまま地下室の階段をおりよう。コンクリートの床を近づいてくる足音にアミーリアは気づかないはずだ。そして遊んでいるアミーリアの後頭部を撃つ。アミーリアには何が起きたのかもわからないだろう。一瞬にして存在をやめているはずだ。

子供を殺す――これよりひどいことはない。

でも、カイリーがふたたび無に吸いこまれるよりはましだ。

レイチェルは泣きだす。大波のような苦悩と怒り。あいつらはこれが楽しいの？　高潔ぶった人たちに無理やりおぞましいまねをさせるのが？　この地上に住む人間なら誰であれかならず、そいつの内奥にある主義や信念に背かせることができる。面白いじゃないか？

七時二十五分まで待ってから、レイチェルはダンリーヴィ夫妻に電話をかける。「どうなった？」

「いまシェイマス・ホッグに電話したところ。誘拐は成功した。ほぼなんの問題もなかったみたい。捕まえたって」

「それはよかった」

「アミーリアはどうしてる？」

「元気よ。また〈オペレーション〉で遊んでる。無事」レイチェルは電話を切る。

寝室へ行ってベッドに腰かける。

三八口径を化粧簞笥に置き、撃鉄をそっとおろし、安全装置をかけなおすと、シリンダーをひらいて弾を取り出し、それを抽斗《ひきだし》にしまって、ほっと溜息をつく。

一時間後、携帯のウィッカー・アプリが鳴る。アミーリア・ダンリーヴィを解放してもかまわないと、連絡相手が伝えてくる。

ちょっとした中断があっただけで、〈チェーン〉はまた元気に前進を続けている。

レイチェルは使い捨て携帯でヘレン・ダンリーヴィにかける。

「もしもし？」

「三十分後にアミーリアを解放するから。指示を待って」そう言って電話を切る。

アペンゼラー邸に行き、スキーマスクをかぶると、ピートとともにアミーリアを鎖からはずして地下室の外へ連れ出す。手袋をはめ、指紋のついていない新品のジーンズとセーターを着せる。人影がないのを確認すると、ふたりはアミーリアの頭にタオルをかぶせ、ピートのピックアップトラックの後部席に連れていく。

ロウリー・コモンの児童公園まで行き、アミーリアを車からおろす。六十まで数えたらタオルを取っていい、ぶらんこで遊んでいればママが迎えにきてくれる、そう言いふくめる。指紋を拭ったブーちゃんと、当人がことのほか気にいったおもちゃの蛸《たこ》とともに、アミーリアを置き去りにする。

ロウリー・コモンのむかいにピックアップを駐め、ピートが双眼鏡でアミーリアを見守るあいだに、レイチェルがダンリーヴィ夫妻に電話をかける。〈チェーン〉のことと報復のことを改めて思い出させ、人にしゃべったり人質を早く解放したりしたら恐ろしい結果を招くことを、肝に銘じさせる。夫妻はすでに〈チェーン〉の声で同じ話を聞かされており、かならず言われたとおりにする、と答える。

レイチェルは夫妻に娘の居場所を教えて電話を切る。

そのままピートとともにダッジ・ラムの車内で待つ。

二十一世紀初めのアメリカで、夕闇の迫るなか、幼い女の子をひとりぼっちでぶらんこに置き去りにする。それがどれほど恐ろしいことか。

五分経過。

アミーリアは退屈してくる。

ぶらんこをおりて、一号A線の際まで歩いていく。車が時速八十キロでびゅんびゅん通りすぎる。

「まずい！」ピートが言う。

レイチェルは心臓が口から飛び出しそうになる。

公園にほかにも人が現われる。フードつきパーカーを着た十代の少年ふたり。「あのまだと車に轢《ひ》かれちまうぞ」ピートが言う。

「あたしがなんとかする」レイチェルはそう答えると、ふたたびスキーマスクをかぶる。

車をおりて駆け足で通りを渡り、アミーリアのところへ行く。「アミーリア、この道路は危ないの。ぶらんこのところで待ってなさいって言ったでしょ！　ママとパパはあと五分で来るから」

「ぶらんこなんかしたくない」アミーリアは言う。

「ぶらんこのところへ戻らなかったら、おばちゃんはママとパパに、あんたは迎えにきてほしくないと言ってるって伝えるからね。そしたらママもパパも来ないよ！」

「ほんとにそんなこと言う？」アミーリアはあわてて尋ねる。

「言うよ、ほんとに」とレイチェルは答える。「さあ、ぶらんこをしに行きなさい」

「いじわる！　おばちゃんなんか大っ嫌い！」

アミーリアは向きを変えて公園のほうへ歩きだす。

レイチェルは少年たちがスキーマスクに気づいて不審に思いはじめる前に、大急ぎで通りを渡る。ふたりが自分のほうを見ていないのを確かめてから、ダッジに乗りこむ。アミーリアはひとりでむっつりとぶらんこに腰かけ、ふたりの少年はマリファナを吸うためだろう、家の形をした遊具にはいりこむ。

時間がのろのろと過ぎていく。

ようやくダンリーヴィ夫妻が車を乗りつけてきて娘に駆けより、抱きしめて泣く。

これで終了。

レイチェルたちを照らしていたスポットライトは消え、彼女たちにできるのはもはや、〈チェーン〉のさらに先に連なる人々がヘマをしでかしませんように、〈チェーン〉をふたたび自分たちのほうへ逆進させたりしませんように、と祈ることだけになる。

ふたりは家に戻ってカイリーの様子をチェックすると、まっすぐにアペンゼラー邸に行って、自分たちがそこにいた痕跡をすべて消し去る。地下室を掃除し、窓をおおっていた板をはずし、マットレスを二階の寝室に戻し、指紋をきれいに拭う。裏口の錠をできるかぎり元どおりにし、どうにか鍵をかける。春になってアペンゼラー夫妻が戻ってくれば、かならず何かがおかしいことに気づくはずだが、春はまだずっと先だ。

ローウェルのごみ捨て場まで車を走らせて、ごみを捨てる。家に戻ると、夜も遅いのにカイリーはまだ起きている。

「終わったよ」とレイチェルは言う。「あの子は両親のもとへ帰った」

「ほんとに終わったの？」カイリーは訊く。レイチェルは自分の口調から疑念をいっさい締め出して、カイリーの大きな茶色の眼をまっすぐに見つめる。

「ええ」

カイリーはわっと泣きだし、レイチェルは彼女を抱きしめる。

みんなでピザを注文して食べると、レイチェルはカイリーが眠ってしまうまで添い寝をしてやる。カイリーが完全に眠ってしまうと、癌専門医のリード医師に、明朝電話しますとメールする。どうか死にませんように。こんな目に遭ったうえにそれはあんまりだ。

階下におりる。ピートはトレーナー姿で外で薪《まき》を割っている。人の背丈ほどもある山が六つもできている。どう見てもこの冬ばかりでなく、ゾンビの大繁殖をひとつかふたつは乗りきれそうな量だ。ピートは薪をひと束抱えてはいってきて、暖炉に火をつける。

サム・アダムズを一本持ってきてあげると、ピートはそれをあけてソファの彼女の横に腰をおろす。薪を割っている彼を見たとき、レイチェルの内部で何かがうごめいた。何か滑稽なほど愚かしくて原初的な感情が。

レイチェルはピートに恋心を抱くほど彼のことをよく知らない。彼はいつもどこかへ行っていた。イラク、ルジューン基地、オキナワ、アフガニスタン。たんに旅をしていることもあった。マーティとはずいぶんちがう。マーティより長身で、痩せていて、浅黒く、無愛想で、口数が少ない。マーティは五十歩離れているほうがハンサムだが、ピートはだんだん好ましくなるタイプだ。兄弟でありながら外見も行動も似ていない。ピートは内省的、マーティは外交的。マーティはパーティの中心人物だが、ピートは部屋の隅で本棚をながめながら時計を確かめては、黙って抜け出してもかまわないかどうか考えている人物だ。

ピートはビールをひと息で飲みほして、もう一本持ってくる。レイチェルはマーティの非常用マルボロを一本取り出して火をつけてやる。「こんなものもあるの」と言って、ボウモアの十二年ものの瓶を見せ、そのシングルモルト・ウィスキーをふたつのグラスに指二本分ずつつぐ。

「うまいな」とピートは言う。この感覚が気にいる。このウィスキーの軽い酔いが。それがどんなものか、長らく忘れていた。アヘン剤で得られるものとはまったく別種の快感だ。ヘロインは自分を保護するためにかける毛布、この世でもっとも甘美な毛布だ。苦痛を和らげて秋のような至福の宇宙へ沈潜させてくれる。

一方、酒は人を自分自身から解放してくれる。少なくともピートは解放される。それでも彼は、いまのこの感情を完全には信頼していない。

「ちょっと戸締まりを点検してくるよ」と咳払いをして言う。唐突に立ちあがり、バッグから九ミリを取り出し、敷地内をパトロールし、ドアを施錠する。

任務が完了してしまうと、しかたなくまたソファに戻って腰をおろす。肚《はら》を決める。自分の真の姿をレイチェルに語るときだ。ふたつの大きな秘密を。「おれのことで話しておきたいことがあるんだ」ピートはおずおずと切りだす。

「なあに？」

「海兵隊のことだ。おれは……まあ、名誉除隊はしたものの、際どいところだったんだ。あと一歩で軍法会議にかけられるところだったんだよ、バスティオンで起きた事件のせいでさ」

「なんの話？」

「二〇一二年九月十四日」ピートは淡々と言う。

「イラク？」

「アフガニスタンだ。バスティオン基地。米軍の軍服を着たタリバンが、外周フェンスを破って基地まで侵入してきて、飛行機やテントを撃ちはじめたんだ。おれは二十二番格納庫の工兵班の当直士官だったんだが。ただし、まあ、当直はしてなかった。自分のテントでハイになってたんだ。ただのマリファナだけど、とにかくね。先任軍曹にすべてを任せといたんだ」

レイチェルはうなずく。

「駆けつけたときにはもう、しっちゃかめっちゃかだった。曳光弾《えいこうだん》に、ロケット砲に、同士討ち。イギリス空軍の衛兵が海兵隊を撃ち、海兵隊が陸軍を撃ってる。たまたま民間軍事会社の連中がいて、そいつらが皆殺しを防いでくれた。タリバンの一隊があれほど基地の奥深くまで侵入できるとは、夢にも思わなかったよ。あの晩はイギリスのハリー王子も基地にいてね。VIPエリアは銃撃戦から二百メートルのところだった。とんでもない大失態さ、想像はつくだろうけど。だから、でかい負い目を感じてるんだ」

「なに言ってんのよ、もう六年も前のことでしょ」とレイチェルは言いかえす。

「わかってないな、レイチ。海兵隊員がふたり死んで、それにはおれも責任があるんだよ。統一軍法十五条によって処分されたけど（軽微な罪は司令官が審理ぬきで裁けるという条項）、軍が世間体を気にしなかったら、高等軍法会議にかけられてたはずなんだ。とにかく、二年後に辞めた。二十年には七年足りない。だからまともな恩給も給付金もない。なんて阿呆だ」

レイチェルは身を乗り出してピートの唇にそっとキスをする。

「そんなことない」

そのキスでピートは息ができなくなる。

〝きみはすごくきれいだ〟、そう言いたいが、どうしても言えない。レイチェルはやつれて、痩せていて、ひ弱だが、それでも美しい。だからそこが問題ではない。問題はその気持ちを口にすることだ。自分の頬が赤らむのがわかり、ピートは眼をそらす。

レイチェルは皺の刻まれた彼の額から黒髪を掻きのける。

もう一度、こんどはもっと本気でキスをする。それは彼女がずっとしたいと思っていたこと、白けた結末になるのではないかと不安に思っていたことだ。

でも、ならない。

ピートの唇は柔らかいが、キスは力強い。コーヒーや煙草やスコッチなど、いろいろと好ましい味がする。

ピートはむさぼるようにキスを返すが、しばらくするとやめてしまう。

「どうしたの？」

「できるかどうか自信がない」と静かに言う。

「どういう意味？　あたしじゃ――」

「いや、ちがう。そういうことじゃない。きみはものすごくホットだよ」

「骨と皮ばっかりだけど――」

「いや、きれいだよ。そういうことじゃないんだ」

「じゃ、どういうこと？」

「もうずいぶん……ごぶさただからさ……」あながち嘘でもない。ふたつめの大きな秘密、つまりヘロインのことを考えて、できるだろうかと不安になっているのだ。

「そんなのすぐに思い出すって」レイチェルはそう言いながらピートを寝室へ連れていく。

服を脱いでベッドに横になる。

レイチェルは自分では気づいていないが、ものすごくセクシーだ、とピートは思う。茶色の髪、長い長い脚。

「早く」と彼女はからかうように言う。「そのポケットにはいってるのはピストル？　それともただの……なんだ、ピストルね」

ピートは九ミリをベッド脇のテーブルに置き、Tシャツを脱ぐ。スウェットパンツを脱ぎ捨てると、自分でも少々驚いたことに、もはやいつでも使用可能になっている。

「あら、あら、あら」とレイチェルが言う。

ピートはにやりとする。**よかった**。そう思いながらベッドの彼女の横にはいりこむ。それはさながら飛行機の墜落事故から生還した者どうしのセックスだ。狂おしく、不安な、やむにやまれぬ、飢えきった。

二十分後、ふたりはともにクライマックスを迎える。

数カ月にわたる日照りのあとの、眼を見張るようなオアシス。

「で……？」とピートは訊く。

「よかったよ」とレイチェルは認める。

煙草とスコッチを取ってくる。「それに、ほら、へんてこ。変態っぽい。だって兄弟となんて、普通しないでしょ？」

「うちの親父には手を出さないでくれよ。もう心臓が保《も》たないと思う」

「ひどい」

　ピートは起きてリビングへ行き、レイチェルのレコード・コレクションをめくってみる。大半がモータウンとジャズだ。ＣＤのほうは全部、マックス・リヒターとヨハン・ヨハンソンとフィリップ・グラス。

「なんだよこれ、ロックンロールってものを知らないのか？」

　彼はサム・クックの〈ナイト・ビート〉をかける。

　ピートがベッドに戻ってくると、レイチェルはその腕に点々と注射痕があることにはっきりと気づく。

　別に驚くことではない。そんなことだろうと思っていた。レイチェルはその注射痕に触れてから、ピートに優しくキスをする。

「ここにいるつもりなら、きれいな体になってよね」

「ああ」と彼は同意する。

「そうじゃなくて。まじで。あなた、アミーリアには食べさせちゃいけないものを食べさせちゃったし。マイク・ダンリーヴィには銃を渡しちゃったのよ。こういうものと縁を切らなくちゃ」

　ピートはレイチェルの視線をひしひしと感じる。

自分が恥ずかしくなる。

「ごめん。ほんとにごめん。きみの言うとおりだ。いまのおれはきみにもカイリーにもふさわしくない。こんなものはもうやめるよ。きれいな体になる」

「約束して、ピート」

「約束する」

「薬物療法とそれはちがうだろうけど、あたしもつらい時期を経験してるから。そばにいて協力してあげる」

「ありがとう」

「ゆうべはどうしたの？　イースト・プロヴィデンスの、シェイマス・ホッグの家では。ハイになってたの？」

「いや。ハイじゃなくて……」

「なに？」

「切れかけてたんだ。何も考えずにマイク・ダンリーヴィに銃を渡してしまった。すまない。下手をしたらおれたち、あいつに殺されてたかもしれないな」

「でも、殺されなかった」

「ああ」

レイチェルはピートの胸に這いあがって彼の眼を見つめる。

「あなたがいなかったら、あたし、こんなことはできなかった。ほんとよ」と唇にキスをする。

「きみだよ、レイチェル、きみが家族を救ったんだ」とピートは言う。「きみがやったんだ。きみにはなんだってできる」

「まさか。あたしはもう何年も、ひどい落ちこぼれになった気分なんだから。ウェイトレスとか、そういう慎ましい仕事をして、マーティに司法試験の勉強をさせてやって。その前だって。マーティにロー・スクールの入試の家庭教師をしてるとき、あたし、模試で百七十点取ったのよ。マーティは百五十九点だったのに。そんなに能力があったのに。それをふいにしちゃった」

「きみはすべてを一変させたんだよ、レイチェル。きみのしたことはすごいことだ。カイリーを取りもどしたんだから」とピートは教える。

レイチェルは首を振る。カイリーが戻ってきたのは奇跡なのだ。奇跡は自分が起こしたわけではない。

レイチェルはピートの胸に頭をつけて心臓の鼓動を感じ取る。穏やかで、ゆっくりとして、落ちついている。ピートは三つの刺青《いれずみ》を入れている。ウロボロスの蛇と、海兵隊の紋章と、ローマ数字のV。

「このVは何の意味?」と訊く。

「五回の前線勤務」

「ウロボロスは？」

「この世に新しいものは何ひとつない。人はもっとひどい目に遭ってきたんだ。そう肝に銘じるためさ」

レイチェルは溜息をついて、もう一度キスをすると、体の下で彼がもぞもぞと身じろぎするのがわかる。「この瞬間が永遠に続いたらすてきなんだけど」

「続くさ」とピートは満足そうに答える。

いいえ、そうはいかない、とレイチェルは思う。

第二部　迷宮にひそむ怪物

43

ニューヨーク州クリートにある泥だらけのヒッピー・コミューン。一九八〇年代末の、雨の煙る陰気な初秋の朝。共同体の中心には老朽化した農場の建物がならんでいる。そこは一九七四年の夏からの継続企業ではあるが、それ以降に採用された者たちは畜産にも農業にも、それどころか基本的な営繕にさえ、およそ向いていないようだ。

コミューンの名前はこの十五年のあいだにころころと変わった。〝アステリオンの子供たち〟〝エウロパの子供たち〟〝愛の子供たち〟などなど。だが、名前などどうでもいい。その日の朝に起こる事件が《ニューヨーク・デイリー・ニューズ》に載るときには、派手なその見出しにあっさりとこう書かれるはずだ。〝州北のドラッグ・セックス・カルトで大量殺人〟

だが、いまのところはまだ平和そのものだ。

ムーンビームという名の二歳ぐらいの男の子が、マッシュルームという名の双子の妹とともに屋外にいる。よちよち歩きの子供や、もう少し年上の子供、鶏や犬などの雑多な一団とともに、見守る大人もいないまま、納屋の裏手のぬかるみで遊んでいる。みな濡れて泥んこだが、充分に楽しそうに見える。

納屋の中では十二、三人の若者たちが車座になり、〝オレンジ・バレル〟や〝クリア・ライト〟のＬＳＤでトリップしている。七〇年代の末なら三、四十人はそこにいただろうが、その頃がこの種の実験的生活形態の全盛期であり、もはや遠い昔の話だ。八〇年代のバイブは七〇年代とはまるでちがい、コミューンはじわじわと死にかけている。

今日の事件はそのおぞましい最終章になるだろう。

農場の庭の端に一台のステーションワゴンが停まる。年輩の男と若い男がおりてくる。ふたりは顔を見合わせると、スキーマスクをかぶる。どちらも不格好なスナブノーズの三八口径リボルバーを身につけている。サタデイナイト・スペシャルと呼ばれる粗悪な安物だ。

ふたりは納屋にはいり、トリップしている若者たちにアリシアはどこだと尋ねる。誰もアリシアの居どころを知らないようだ。それどころか、アリシアが誰かさえ。

「母屋へ行ってみよう」と年輩の男が言う。

ふたりは納屋を出ると、錆の浮いたトラクターの横を通りすぎて、古びた農家にはいる。

家の中は迷路であり、障害物コースだ。マットレス、家具、衣類、おもちゃ、ゲームなどが、そこらじゅうに散らばっている。ふたりは銃を抜き、一階から二階へと部屋を順に検《あらた》めていく。

そして三階へ続く階段を見あげる。三階のどこかで音楽がかかっている。

若い男はそのアルバムがローリング・ストーンズの《スティッキー・フィンガーズ》であることに気づく。アリシアのお気に入りの一枚だ。

階段をのぼっていくと、音楽が大きくなってくる。ふたりが主寝室にはいったとき、曲は〈シスター・モーフィン〉から〈デッド・フラワーズ〉に変わる。

ブロンド娘のアリシアは裸でそこにいる。もうひとりの若い女と、生姜《しょうが》色の鬚《ひげ》をたくわえた赤毛の男と一緒に、大きな古めかしい四柱式ベッドに横になっている。アリシアと鬚の男はトリップしており、もうひとりの女のほうはぐっすりと眠りこんでいるようだ。

年輩の男がアリシアの横にひざまずいて頬をひっぱたき、彼女に答えさせようとする。

「アリシア、子供たちはどこだ？」そう尋ねるが、アリシアは返事をしない。

若い男がアリシアを揺さぶって同じことを訊くが、やはり反応はない。

男はついに諦める。

年輩の男が枕をつかみ、若い男に渡す。

若い男は枕を見て首を振る。

「やるしかない」と年輩の男は言う。「さもないと弁護士どもが、子供たちをこいつに返しちまう」

若い男はしばらく考えてからうなずくと、最初はしぶしぶとだが、すぐに怒りがこみあげてきて、アリシアを枕で窒息させはじめる。アリシアはもがきながら男の手を引っかき、脚をばたつかせる。

鬚の男がわれに返り、事態を見て取る。

「おい、あんた！」

年輩の男がリボルバーでそいつの頭を撃ち、即座に殺す。

若い男は枕を放り出し、自分の三八口径を取り出す。

「トム？」とアリシアが息をあえがせる。

そのアリシアの頭を年輩の男がやはり撃つ。

だが、この騒音にもかかわらず、もうひとりの女は眼を覚まさない。ことによると眠っているふりをしているのかもしれない。年輩の男はかまわずその女も撃つ。

羽毛が舞い、シーツが血でぐっしょりと染まる。

バスルームのドアがあいて、裸の男がトイレットペーパーをつかんだまま寝室にはいってくる。

「どうしたんだよ？」と男は訊く。

年輩の男はじっくりと狙いをつけ、呆然とする若者の胸を撃つ。心臓を狙ったのだから十中八九死ぬはずだが、男は近づいていって、念のため頭に二発撃ちこむ。

「ひでえ。なんだよこのありさまは」トムが言う。

「ここはおれに任せて、おまえは子供たちを捜せ」年輩の男は言う。

十分後、トムは納屋の裏手で泥んこ遊びをしているムーンビームとマッシュルームを見つけ、ステーションワゴンに連れていく。

年輩の男はボウイナイフでアリシアの左手の指を四本切り落とす。若い男を引っかいたそれらの指には、男のDNAが付着している。

ガソリンのはいったジェリ缶を見つけ、寝室から一階のキッチンまでずっとガソリンをまく。ジェリ缶をハンカチで拭うと、キッチンの流しへ行ってコップに水をつぐ。水を飲むと、コップについた指紋をきれいに拭きとる。

網戸の外に出て、ドアが閉まらないように足で押さえると、ブックマッチをすり、キッチンの床に放りこむ。

緋色の炎がひと筋、リノリウムの床を走っていく。

それから男はトムのいるステーションワゴンに戻る。

年輩の男がハンドルを握り、トムは後部席に子供たちと一緒に座り、車はコミューンをあとにする。

農場から続く狭い道では、ほかの車にいっさい出くわさない。それは誰にとっても幸いだ。

トムが後ろの窓から振りかえると、母屋は炎に包まれている。

四十分走ると、貯水池が現われる。年輩の男はステーションワゴンを停めておりると、二挺の拳銃とボウイナイフをハンカチできれいに拭う。

それからそのナイフを、アリシアの指のはいった紙袋に入れる。袋に穴をあけてから、それを二挺の拳銃とともに淀んだ水に放りこむ。

袋も二挺の銃もたちまち沈んでいく。

三組の波紋が水面でつかのま交差して、新石器時代ヨーロッパの羨道墓《せんどうぼ》の入口で見かけるような、三つの渦巻き文様になる。

渦巻きはまもなく消えて、黒い水面はふたたび静かになる。

「よし、行こう」と年輩の男は言う。

44

吹雪。寒さ。足元に転がるのは、凍えて木から落ちた小鳥たち。雪が顔に突き刺さってくるけれど、その感覚はほとんどない。彼女はここにいながらも、ここにはいない。懺悔《ざんげ》の映画の中の自分を見ているのだ。

彼女がしようとしているのは、たんに郵便受けから家に戻ることだ。ところがオールドポイント・ロードは白く霞んでいて、先が見通せない。

まちがったところを曲がって湿地に迷いこみたくはない。寝室用スリッパをはいたローブ姿で、そろそろと歩いていく。

なぜこんなに薄着なの？　軽装なの？　無防備なの？

湿地は彼女を呑みこもうと待ちかまえている。**おまえは娘を取りもどしたのだから、その空白を別の命で埋めねばならない。**

水面の鴨たちが驚いて飛び立つ。何かが潮だまりの縁にひそんでいるのだ。

風に吹かれた雪が彼女の前で渦を巻く。何があたしをこんな天候の中へ誘い出したのだろう？

白い渦が黒ずんできて、生き物の形になる。男だ。外套の頭巾の描く曲線のせいで、角《つの》が生えているように見える。

もしかしたら本当に生えているのかもしれない。体は人間だが頭は牡牛なのかもしれない。

男は近づいてくる。

いや、人間だ。丈の長い黒の外套をまとい、銃を持っている。銃は彼女の胸に向けられている。

「カイリー・オニールを捜している」と男は言う。

「留守よ――いまは、いまはニューヨークへ行ってる」

男は銃をかまえる……

レイチェルははっとして眼を覚ます。

ベッドは空《から》だ。ピートはいなくなっている。家は物音ひとつしない。この夢は前にも見たことがある。細部はちがっても主題は同じ。天才でなくともこの悪夢を解釈することはできる。おまえは借りがある。この先ずっと借りがある。返すべき借りが。ひとたび〈チェーン〉の一部になったら、永遠にそのまま。抜けようと考えただけで報復がやってくる。

あたしの癌と同じだ。

　つねにそこにいて、物陰にひそんでいる。このさき一生のあいだ。みんなの一生のあいだ。

　癌。

　そう。

枕に眼をやると、案の定、茶と黒の髪が数十本くっついている。それに――すてきなことに――灰色の髪も数本。

あの運命の火曜日の朝、レイチェルが癌専門医のリード医師のところへ行くと、医師はすぐさま彼女にMRI検査を受けさせた。結果はかなり憂慮すべきもので、リード医師はその日の午後に手術を受けることを勧めた。

マサチューセッツ総合病院の同じクリーム色の部屋。

同じ親切なテキサス出身の麻酔医。

同じてきぱきとしたハンガリー系の外科医。

流れている音楽まで同じショスタコーヴィチの交響曲。

「はあい、だいじょうぶ《ジャスト・ダンディ》ですからね。十から逆に数えますよ」と麻酔医が言った。

いまどき〝ジャスト・ダンディ〟なんて誰も使わないでしょ、とレイチェルは思った。

「十、九、八……」

手術は成功したと伝えられ、あとは〝補助的な薬物療法がほんの一サイクルだけ必要〟

だと言われた。言うのはたやすい。リード医師が治療を受けるわけではないのだから。自分の血管に毒を注入しなくてもいいのだから。

でも、二週間に一度を四カ月なら、レイチェルはどうにか耐えられる。娘が帰ってきたいまはもう、どんなことだって怖くない。

髪の毛を枕から払い落とし、悪夢を心から払いのける。二階からカイリーがシャワーを浴びる音が聞こえてくる。以前のカイリーはシャワーを浴びながらよく歌をうたっていたものだ。いまはもうそんなことはしない。

レイチェルはブラインドを上げ、ピートが枕元に置いていってくれたコーヒーのマグを手に取る。どうやら気持ちのいい朝らしい。雪が降っていないとは驚きだ。あの夢はひどくリアルに思えた。寝室は東向きで、潮だまりに面している。コーヒーを飲みながら、ガラスのスライドドアをあけてデッキに出る。空気はきりりとして冷たく、干潟《ひがた》は歩きまわる鳥でいっぱいだ。

ヘイヴァーキャンプ医師が家の前の砂丘のあいだを歩いていく。医師は手を振り、レイチェルが振り返すと、大きなビーチプラムの茂みのむこうへ姿を消す。このプラム島とニューヨーク州のプラム島の名前の由来となったビーチプラムは、もう熟《う》れている。去年の秋はカイリーと瓶詰めのプラムをたくさん作り、農産物市場で売った。売り上げはふたりで分けた。カイリーはそれに〝ヴィンランド・ジャム有限会社〟という名前をつけて、手作りのラベルに書いた。海賊行為を働く恐ろしいバイキングがプラム島まで南下してきていたかもしれないという事実が、いたく気にいっていたのだ（ヴィンランドはバイキングが到達した北米東北海岸の地名だとされるが、場所は未詳）。あのころは安全な場所から危険にあこがれることができた。

ロープの紐を結び、リビングリームへはいっていく。「カイリー、朝食を作ってほしい？」と娘に声をかける。

「トーストをお願い」とカイリーが二階のどこかから言う。

レイチェルはキッチンへ行き、パンをふた切れトースターに入れる。

「感謝祭おめでとう」誰かが背後で言う。

「くそ！」彼女はさっと振りかえり、パン切りナイフをかまえる。

スチュアートがおどけて両手を挙げてみせる。

「なんだ、スチュアート。ごめんなさい、来てるとは知らなかったの」レイチェルは言う。

「そのナイフ、もうおろしていいですよ」スチュアートはおびえたふりをしながら答える。

「汚い言葉もごめんね。お母さんには内緒にしといて」

「平気です。その言葉は前にも一、二度いろんな、その、文脈で聞いてたかもしれないから」

「トースト食べる？」

「いいです。みなさんが出かける前にちょっと、カイリーに挨拶しに寄っただけだから」

レイチェルはうなずくと、スチュアートにもいちおうトーストを焼いてやる。これからカイリーとピートと一緒にボストンへ感謝祭を過ごしにいくことになっている。薬物療法が火曜日で、感謝祭はその二日後だから、マーティがひと肌脱いで、三人を休日のあいだ自宅に招待してくれたのだ。

それはかまわない。ぜんぜんかまわない。

レイチェルはトーストをもう二枚焼き、皿に載せる。

ピートがランニングから帰ってくる。息が苦しそうだが、満足げだ。この二週間というもの、ピートはたくさん走って元気になってきている。ウースターの退役軍人病院は彼をメタドン・プログラムに入れた。これなら合成鎮痛剤のメタドンを投与して、禁断症状を防ぎつつヘロイン中毒を治療してくれるので、体内から徐々にアヘン剤を排出できる。それはいまのところうまくいっている。きっとこのままうまくいくだろう。家族が第一だ。ピートもそれは承知している。

ピートはレイチェルの唇にキスをする。

「いい走りができた？」彼女は訊く。

ピートは彼女を見る。表情でわかる。「悪い夢？」とささやく。

レイチェルはうなずく。「同じやつ」

「誰かに話すべきだな」

「できないのはわかってるでしょ」

自分たちが鏡を通りぬけて、悪夢が現実になる世界へ踏みこんでしまったことは、誰にも話すわけにいかない。

ピートは自分でコーヒーをつぐと、リビングのテーブルのレイチェルの横に座る。

引っ越してきて、とは一度も正式に頼まれていない。ウースターに帰って必要なものを――そうたくさんはないが――持ってきたあと、なんとなく居ついている。

三人のなかではピートがいちばん善戦している。

悪夢を見たとしても黙っているし、メタドンのおかげでどうにか渇望を抑えてもいられる。

三人のなかでは明らかにカイリーがいちばん苦戦している。

あの晩アペンゼラー邸で、カイリーはアミーリアのところへおりていった。アミーリアが眼を覚ましていたので慰めてやり、心配しなくてもだいじょうぶだと安心させた。だが、問題はそこではない。地下室へおりたことだ。おかげでカイリーもアミーリアの監禁に協力してしまった。被害者でありながら加害者になってしまった。ほかのみんなと同じように。被害者にして共犯者。それが〈チェーン〉のやり口だ。人をさんざん苦しめてから、こんどは共犯者にして他人を苦しめさせるのだ。

カイリーは四歳のとき以来おねしょをしたことがなかった。ところがいまは、ほぼ毎朝シーツを濡らしている。

夢を見るときはかならず同じ夢を見る。地下牢に放りこまれたまま、ひとりぼっちで死を待っている夢だ。

プラム島のいっさいが変わってしまった。カイリーは学校へ行くにも、商店へ行くにも、どこへ行くにも、絶対にひとりで歩いては行かなくなった。

以前のレイチェル一家なら、家に鍵をかけることなどめったになかった。だが、いまはかならずかける。ピートはすべての鍵を補強したりつけ替えたりした。レイチェルの電子機器からスパイウェアを取りのぞき、友達のスタンに頼んで盗聴器がないか家じゅうを専門的に調べてもらったうえ、カイリーの靴に硬貨サイズのGPS発信器を仕込んでもらった。カイリーがどこかへ行くときには、それで絶えず居どころを確認している。ボストンの父親のところに泊まるときにはとりわけ。

カイリーはこの事件を父親に話してはならないことを承知している。父親だけでなく、スチュアートにも、学校のカウンセラーにも、祖母にも、誰にも。だが、マーティもばかではないから、何かがおかしいのには気づいている。男の子のことだろうかと。無理に聞き出そうとはしない。マーティはマーティで問題を抱えている。タミーが急にカリフォルニアへ帰ってしまったのだ。母親が最近事故に遭い、その世話をするためだという。タミーはアメリカ大陸をはさんだ長距離恋愛には興味がなかった。そっけないメールが何通か。

あとはなんの説明もなく——じゃあね、マーティ。

ピートはとくに驚きもしなかった。マーティは破産したタミーを救い出し、もう一度クレジットカードを使えるようにし、法的なごたごたをすべて片付けてやったあげく、タミーにこう言われたのだ。〝いろいろありがとう。じゃ、あたし西海岸へ行くね〟。まんまと利用されたわけだ。ピートはそう考えている。タミーのようなタイプには前にも会ったことがある。というより、そっくりな女と結婚していた。男のタミーも大勢知っている。

カイリーがようやく下におりてくる。パジャマからTシャツとスウェットパンツに着替えている。

それが何を意味するかレイチェルにはわかっている。パジャマはいま洗濯籠にはいっているのだ。

「あら、スチュアート」とカイリーは言う。

見るからに元気がない。感謝祭でほかのことに気持ちが切り替わるといいのだが。レイチェルは哲学書に眼を通すふりをしながらカイリーを観察する。スチュアートがひとりでしゃべり、カイリーはもごもごと気のない返事をしている。

やがてスチュアートは帰っていき、三人は朝食を食べてから着替えをする。

一時にピートは、ボストンのロングウッドにあるマーティの新居に車を乗りつける。フェンウェイパーク球場からホームランが届きそうな距離にある。高級住宅街。弁護士、医者、会計士。白い木の柵に、よく手入れされた芝生。「マーティから養育費をいくらもらってるか知らないけど、もっとふんだくるべきだな」ダッジを駐めながらピートは言う。

マーティは料理をしようとすらしていない。何もかもグルメ配達アプリで注文してある。それがまた豪華だ。家にはまだ最低限の家具しかなく、新しいガールフレンドもいない。レイチェルはそれにちょっと驚く。マーティは昔からつねにプランBを用意している男に思えたからだ。

三人はタミーの急な出立《しゅったつ》とマーティの仕事について、内情を聞く。マーティはタミーがメールで別れを伝えてきたきり、彼が連絡してもカリフォルニアからなんの返事も寄こさないことに動揺はしているが、そんなことで落ちこむような男ではない。クライアントのことをぺらぺらとしゃべり、遺言朗読にまつわる滑稽な逸話を紹介してから、まあまあの弁護士ジョークをいくつか披露する。

カイリーの学校のことは尋ねない。成績ががた落ちしていることは承知しているので、学校の話は持ち出さないのがいちばんだと考えているのだ。

カイリーはぼんやりしているし、レイチェルは疲れきっていて口を利かないので、ピートも今日ばかりは会話をとぎらせない。カヤックで内陸大水路（ボストンからフロリダ半島まで大西洋沿岸に延びる内陸水路）を旅しようと考えているんだと話し、ケープコッド運河やチェサピーク湾のことをあれこれと話す。

レイチェルの母親のジュディスがフロリダから電話をかけてくる。マーティは自分も話したいと言って譲らない。彼が《ハミルトン》のことを尋ねたときには、三人ともはらはらするが、ジュディスは忘れずに嘘をついてくれる。

そのあとジュディスはレイチェルにこっそりと、あのろくでもないオニール家とはきっぱりと縁を切りなさいと言い、レイチェルは黙って話を聞き、同意し、楽しい感謝祭を、と言って電話を切る。

「ピート伯父さん、去年の感謝祭には何してた?」とカイリーが訊く。

「旅行でシンガポールに行ってた。大したことはしなかったな。七面鳥はないしね」

「最後にきちんと感謝祭を祝ったのはいつなの? アメリカで、家族と」レイチェルは尋ねる。

ピートはちょっと考える。「五年前だ。憶えてる最後の感謝祭はオキナワのバトラー基地だな。食堂に七面鳥とマッシュポテトがあった。なかなかうまかったよ」

レイチェルは話を聞き、微笑む。テーブルの下でカイリーの手を握り、お皿の上で食べ物を移動させては食べているふりをする。カイリーを見る——いまは父親のジョークに笑っているが、たいていはいまにも泣きだしそうな顔をしている。ピートを見る——むっつりして口数は少ないが、懸命に会話を続けようとしている。マーティを見る——ハンサムで、溌剌《はつらつ》としていて、ひょうきん。タミーはばかだ。マーティは保護者なのに。

レイチェルは席を立ってトイレに行く。

廊下の鏡に自分の姿が映る。

また影が薄くなっている。背景に溶けこみはじめている。バスルームにはいり、お気に入りの赤いセーターの、あのいらだたしいほつれをつまむ。

便座に腰かけ、頰杖をつきながら考える。

携帯が鳴る。暗号化されたウィッカー・アプリに新着メッセージ。ウィッカーでメッセージを寄こす相手といえば、ひとりしかいない。あの匿名の発信者。〈チェーン〉だ。

メッセージをひらく。

〝今年はたくさん感謝することがあるだろう、レイチェル。われわれは娘を返してやった。おまえを元の暮らしに戻してやった。われわれの情け深さに感謝して、ひとたび〈チェーン〉の一部になったら永遠に抜けられないことを肝に銘じろ。おまえは最初でもなければ最後でもない。われわれは見張っている。耳を澄ましている。いつでも襲いにいけるぞ〟

レイチェルは携帯を取り落として、悲鳴を押し殺す。

涙があふれてくる。これは絶対に終わらないのだ。絶対に。

床にへたりこみ、やっと呼吸のしかたを思い出す。

しばらく泣いてから、顔を洗い、トイレの水を流し、深呼吸をして、家族のところへ戻る。

全員がレイチェルを見る。三人とも彼女が泣いていたことに気づく。そのうちのふたりは、理由に心当たりがある。

45

ボストン、フルート通り五十五番地、マサチューセッツ総合病院。

レイチェルはみんなに来ないでと言う。本当は来てほしいのに、来ないで、とかならず言う。ピートはもちろん彼女を乗せてこなくてはならないが、カイリーとマーティまで来る必要はない。

別れた夫にしては、マーティはかなりハイになっている。

三人は外の家族室で待つ。

家族室はまあまあだ。CNNにチャンネルを合わせたテレビと、六〇年代にまでさかのぼる《ナショナルジオグラフィック》のバックナンバー。ボストン港のながめ。帆走フリゲート艦のコンスティテューション号が見える。

みんなが家族室にいてくれてレイチェルはうれしい。ポートに針を刺されるときに痛みに息を呑むところも、毒が流れてきて震えが始まり、吐き気でめまいがするところも、見られずにすむ。

薬物療法とは、大きな死を外のポーチで待たせておくために、小さな死を体内に招きいれることだ。

この屈辱と苦痛が終了すると、車椅子で回復室に運ばれ、みんなの笑顔に迎えられる。カイリーとピートからのハグ。マーティは猛スピードでぺらぺらしゃべっている。

必要なのはこれだ。家族。友人。支え。

リード医師も自分の処置に満足している。予後も良好。グラフは右肩上がりだ。

だが、恐ろしい真実を明かせば、彼女はよくなっていない。

体が衰えてきている。

弱ってきている。

レイチェルには自分を消耗させているのが癌《キャンサー》ではないことがわかっている。そのCではない。

癌では。

いや、あのC。

〈チェーン〉だ。

46

ある一家がメリーランド州ベセスダの一軒家に引っ越してきたところだ。たいへんな一日だったが、すでに運送会社の男たちも帰っていき、荷物はすべて運びこまれている。

一家はいま新居の外にならんで写真を撮っている。陽のあたる郊外に暮らす幸せな家族。さしずめ、時代を九〇年代初頭に移し替えたロバート・ベクトルの油彩画《一九六一　ポンティアック》といった趣だ。ただし子供たちは、ベクトルの絵とはちがって同い歳。双子だ。夫のトム・フィッツパトリックは小柄で痩せた黒髪の男で、ワイシャツを着て細身の黒いネクタイを締めている。どこか《奥さまは魔女》の初代ダーリンのように見える。いかにも害がなさそうだ。新しい妻のシェリルは身ごもっている。ストレートの金髪を長めに伸ばし、かわいらしい茶色の眼の五センチ上に前髪を持ちあげている。無理なこじつけではなく、こちらも《奥さまは魔女》のサマンサ・スティーヴンスに似た雰囲気がある。

息子のムーンビームは、いまではオリヴァーという名前になっている。丸々とした害のなさそうな外見をしてはいるが、瞬《まばた》きもせずに相手をじっと見つめるという、どこか不気味な癖もある。娘のマッシュルームは、マーガレットという名前になっている。こちらもその不気味な癖を持ってはいるが、それよりもその赤い巻き毛と、絶えず繰りかえすおどけたしぐさのほうが眼につく。トムが子供たちを精神科医に連れていくような親なら、マーガレットはおそらくリタリンを処方されているだろうが、トムはそういう親ではない。保守的なのだ。「あらゆる病に薬が必要なわけではない」それがトムの父親の持論だ。

引っ越してきて二日後、一家は近所じゅうを招待して〝初めまして〟のパーティをひらく。この通りには下院や、国務省、財務省の職員らが住んでいる。

その晩その家では三つのパーティが同時進行している。ひとつめは男たちがおたがいを知り合うためのパーティ。トムは問題ないやつだと見なされる。GIジョー風の髪型をして、ポケットプロテクターをつけ、冷蔵庫をクアーズ・ライトでいっぱいにしているような、くそまじめで面白味のない男だと。

ふたつめは女たちのパーティ。シェリルはかわいらしいけれど、退屈で、もしかするとちょっと鈍いかもしれない。典型的な郊外主婦で、かつては自分なりの夢を持っていたものの、いまは夫を支えるためにそれを諦めている。本当は祖父のようなパン屋になりたかったのだ。

三つめはテレビ室でひらかれている子供たちのパーティ。これがいちばん興味深い。男の子たちはレコード・コレクションを吟味して、〝遅れてる〟と判定する。ジョン・デンバー、リンダ・ロンシュタット、ジュース・ニュートン、カーペンターズ。女の子たちは家族の秘密をぺらぺらとばらしている。テッドのパパは大酒飲みで、秘書と浮気をしている。メアリーのママは二年前、自転車に乗った女の人を車で撥《は》ねて死なせてしまった。ジャニーンのママは、この地区もインド人一家が引っ越してきたからもうだめだと考えている。

パーティは子供たちの就寝時間をとうに過ぎても続き、オリヴァーはこう言われる。ニューヨークのフットボール・チームなんか、ジェッツもジャイアンツもどっちもゲロだ。でも、ジャイアンツのほうがレッドスキンズと同じ地区に所属しているから、もっとゲロだ。

オリヴァーは、フットボールなんか自分はぜんぜん好きじゃないと答える。ザカリーという十歳の男の子がオリヴァーのことを臭いチビのホモと呼ぶ。そればかりか、おまえのママは売春婦みたいだとまで言う。

オリヴァーは静かに、自分の母親は死んだのだとその子に教える。殺されて指を切り落とされたあと、死体を焼かれたのだと。

ザカリーは青ざめる。その一分後、こんどはマーガレットに、彼女の見つけてきた飲みかけの缶ビールを飲んでみせてと挑まれて、ますます青ざめる。ザカリーはそれをごくごくと飲みほしてみせ、ビールなんか前にも飲んだことがあると言う。それは事実だったかもしれないが、ティースプーン一杯のトコンシロップ（吐剤）を混ぜたビールは飲んだことがない。

ザカリーは盛大にゲロを吐きはじめ、パーティは完全におひらきになる。

47

レイチェルはコンピューターの画面をにらむ。まっさらなページにカーソルが瞬《また》いている。

霜の降りた十二月の朝、満潮から一時間後。潮だまりは冬を越す雁《がん》と鴨でいっぱいだ。大きく息をしてから、文章を打ちはじめる。〝第二課、実存主義入門。実存主義者たちの考えによれば、人間の生とは、意味を持たない実存というものに意味をあたえようとする試みである。彼らにとってこの世界は一匹のウロボロス、すなわちおのれを食う蛇なのだ。パターンの繰りかえしであり、進歩はない。文明とは深淵《しんえん》にかかる吊り橋なのである〟

彼女は首を振る。口調がちがう。消去をクリックすると、苦労して書いた文章が一瞬にして消え去る。

二階からカイリーが新しい赤のコートを着ておりてくる。今日は元気そうだ。母親と同じようにカイリーも、幸せなふりをするのがうまくなっている。口角を上げるちょっとした微笑みと、まやかしの浮き浮きした口調。だが、眼はちがうことを語っている。

カイリーはこの頃よく胃痛に悩まされている。医者に診てもらっても悪いところは見つからない。ストレスだろうと言われている。そのストレスのせいで体をふたつに折って苦しみ、悪夢を見、おねしょをしてしまうのだ。

当人は平気な顔を装っているが、レイチェルにはわかっている。

「もう出かけられる？」カイリーは訊く。

「ええ。こうしていてもどうせだめだから」レイチェルはそう言ってラップトップを閉じる。

「シャワーを浴びる時間を五分だけくれ、そうしたら出かけられる」ピートが言う。

「遅れちゃうとまずいよ」カイリーが答える。

「ピートが五分と言ったら、ほんとに五分なのよ」レイチェルは言う。家族を捨てる父親や、若い女と駆け落ちする夫など、信頼できない男ばかりのこの地球上にあって、ピートはけっしてこちらを裏切らない。それでもやはり薬物依存者を娘と一緒に住まわせるわけにはいかないので、彼女はピートに眼を光らせている。けれどもピートはメタドン・プログラムの指示を厳密に守っているし、突然の膨大なクレジットカードの負債を支払うために、元軍人という信頼性を利用して警備員の職に就いてもいる。

ぴったり五分後、三人はボルボに乗りこんで街へ向かう。〈スターバックス〉に車を駐めると、カイリーとピートは買い物に行き、レイチェルは窓ぎわの席で熱いお茶のカップを手で包む。

にぎやかな土曜日の朝で、ニューベリーポートは地元民と観光客であふれている。もうすぐマーティが新しいガールフレンドとともにカイリーを迎えにくることになっている。やっぱり新しいガールフレンドがいるのだ。少なくともプランBが。でも、プラム島で会うのはやめて、もっと無難でニュートラルなニューベリーポートの〈スターバックス〉で待ち合わせることになっている。

カイリーの姿が見えなくなるとすぐに、レイチェルは携帯を取り出して、カイリーの靴に仕込んであるGPS発信器用のアプリを見る。ああ、いたいた。ハイ通りを歩いていって左へ曲がり、タナリー・ショッピングセンターにはいる。親にとって子供はいつ失うかわからないものなのに、すべての親がそれを肝に銘じてきたとはかぎらない。

ピートが買物袋をどっさり抱えて通りを渡ってくるのが見える。レイチェルが手を振ると、ピートは〈スターバックス〉にはいってきて彼女の頰にキスをする。

「何を買ったの？」レイチェルは訊く。

「カイリーのためにいくつかね」

「あんまりむだ遣いしないでよね、ただでさえ――」

「しっ」とピートは言う。「おれの人生で最大の楽しみのひとつは、かわいい姪っ子にプレゼントを買うことなんだよ」

ふたりはそこに座っておしゃべりをしながらマーティを待つ。マーティは例によって遅刻する。

「やれやれ、やっとご到着だよ」ピートは腕時計をこつこつたたきながらそう言うと、立ちあがる。「もちろんこんどの娘《こ》も美人だ。それになんと、前のよりさらに若いな、見たところは」

マーティがにこやかにはいってくる。色褪せたジーンズに、灰色のVネックのTシャツと、アルマーニの革ジャケットというでたちだ。髪を短く刈り、どこかで日焼けしてきたらしい。

ガールフレンドはブロンドの髪を逆立てたかわいらしい娘だ。タミーとちがってマーティより背は低いものの、はっとするほど美しい。愛らしい上向きの鼻、ダークブルーの瞳、えくぼ。ハイスクールを卒業したばかりに見える。

おたがいが紹介され、握手が交わされる。レイチェルはわざわざ名前を憶えようとはしない。どうせ数週間後にはこの娘も、よく似た別の女の子に取って代わられているはずだ。

カイリーが店にはいってきて父親を抱きしめ、新しいガールフレンドと握手をする。

ガールフレンドはカイリーに、赤いウールのコートがとても似合っていて、かっこいいと言う。カイリーは喜ぶ。

一同はしばらくおしゃべりをし、レイチェルは笑顔のままゆっくりと存在を背景に消し去る。体がこんなにふわふわしていると、消えるのも実に簡単だ。実体をあたえてくれるものといえば、血管の中の毒だけなのだから。

「じゃ、ぼつぼつ行くよ」とマーティが言い、ハグとキスがふたたび交わされると、三人はマーティの白いメルセデスで走り去る。

「カイリーは元気にしてるさ」とその晩ピートは夕食を食べながら言う。「あのガールフレンドが気に入っている」

「あんまり仲良しにならないほうがいい。どうせ来週にはもっと若い娘に替わっちゃうんだから」レイチェルはいくぶん辛辣にそう言い、そんな自分にちょっと驚く。

夕食後、ふたりはカイリーの居どころをGPSでチェックし（マーティの家にいた）、フェイスタイムでカイリーと話す。

そのあとピートはバスルームへ行ってメタドンを服《の》む。夜を乗りきるための助けとして、ふたたび少量のメキシコ産ブラウンタール・ヘロインをメタドン・プログラムに加えはじめている。

レイチェルはそれを知らないが、彼女もやはりなにがしかの眠りを得るには、二錠の睡眠導入剤と、指二本分のスコッチが必要になってきている。コンピューターの前に腰をおろして、講義の原稿を改めて書きはじめようとしてみるが、まったく進まない。ユーチューブをのぞくが、コール・ポーターの曲を歌うエラ・フィッツジェラルドでさえ気分を高揚させてはくれない。

画面にはまっさらなページ。点滅するカーソル。

レイチェルは猫に餌をやり、片付けをすることにする。散らかった家で仕事なんかできっこない。

カイリーの部屋に上がっていき、ベッドの羽毛布団をめくる。シーツがぐっしょり濡れ、マットレスが湿っている。けさ取り替えなくてはいけなかったのだ。これはもう毎晩のことなのだから。誰も眠れず、全員が悪夢を見る。カイリーは父親の家では、ばれないようにビーチタオルを二枚重ねて寝ている。

レイチェルはベッドの端に腰かけて頭を抱える。足元の床にカイリーのモレスキンの手帳が落ちている。それを拾いあげ、中を見たいという衝動と闘う。これは侵してはならないカイリーの秘密の世界だ。

ひらいちゃだめ、ひらいちゃだめ、ひらいちゃ——

レイチェルは手帳をひらいてページをめくりはじめる。さまざまな絵、日記、好きな歌と映画のリスト、犬につけたい名前、などなど。年頭から書きはじめて、誘拐された日で中断している。そのあとは、でたらめになる一方の殴り書きでページが真っ黒になる。それから自分が捕らえられていた地下室の絵、犯人たちに関する情報。〝男はたぶん教師。

女はヘザーという名前。子供の名前はジャレド〟。早めのクリスマスプレゼントにもらった〈フーディーニの究極の奇術キット〉のことと、手錠をこじあける方法。それからまた真っ黒なページと渦巻き。力を入れすぎてページが破れている。最後の日記はつい二日前のもので、そこに、苦しまずに自殺できる方法を語り合うウェブサイトのアドレスが記してある。〝錠剤？　溺死？〟余白にそう書きこまれている。

　レイチェルは息を呑む。

「このままじゃ永遠に終わらない」そうつぶやく。

　下におりてコンピューターでカイリーにメールを送り、どうしてる？　と尋ねる。三十分後、元気だよという返信が届く。みんなで《メイズ・ランナー》を見ているという。

　レイチェルはラップトップを閉じ、窓の外の闇を見つめる。

「ようし、やってやる」夜の闇に向かってそうささやく。

　ワームやスパイウェアをきれいさっぱりこそげ落としてもらったとはいえ、コンピューターはやはりピートのものを使うことにする。アンチウィルス・プログラムとアンチマルウェア・プログラムがすべて円滑に作動しているのを確かめる。自分のＩＰアドレスを隠すプログラムを走らせると、Ｔｏｒ《トーア》にログインする。トーアからグーグルに行き、TheGirlCalledAriadne@gmail.com（アリアドネという名前の女）という架空のアカウントを作成する。アリアドネという名前を使ったほかの名称は、もうすべて使われていた。

グーグルの〈ブロガー〉プラットフォームを見つけ、作ったばかりのいんちきメールアドレスでログインする。いちばん簡単なテンプレートでブログを作成し、それに〝チェーン情報〟という名前をつける。

ウェブ・アドレスはずばり――TheChainInformation.blogspot.com.（〈チェーン〉情報）だ。

ブログの紹介欄にはこう書く。〝このブログは〈チェーン〉と呼ばれるものについて、みなさんがヒントや情報を残すためのものです。コメントは下のコメント欄にどうぞ。ただし気をつけて。かならず匿名でお願いします〟

〈チェーン〉はこれがあたしだと突きとめられるだろうか？　突きとめられないだろう。彼らに突きとめられるのは、いまこしらえた架空の人物だけだ。グーグルにだってあたしが何者かはわからない。〝ブログを作成しますか？〟とグーグルが訊いてくる。

レイチェルは〝はい〟をクリックする。

48

今日はまた引っ越しだ。時は一九九七年。双子には弟のアンソニーができている。こんど引っ越す先はアナハイムというところだ。トムが昇進して、どこかの責任者になったのだ。どこかドラッグに関係する部署に。ストレスの多い仕事だぞ、と本人は言うが、心配しているようには見えない。

オリヴァーもマーガレットも見た目は普通の子供に成長している。マーガレットはそばかすだらけで、オレンジがかった派手な赤い髪をしている。その赤毛は祖父にそっくりだが、母親がコミューンで寝ていた男の髪にも似ている。オリヴァーはぽっちゃりしており、肌の色がとても淡く、髪はマーガレットより黒っぽい赤だ。瞬きもせずにじっと相手を見つめて落ちつかない気分にさせるところは、赤ん坊の頃から変わっていない。

一家の引っ越してきたアナハイムの通りは、前に住んでいたベセスダの通りにそっくりだ。

幼いアンソニーは新しい友達の一団と歩道で遊んでいる。

オリヴァーとマーガレットは二階の窓からそれをながめている。同い歳の子供たちとはあまりつきあわない。マーガレットのほうがいくらか社交的だが、双子の兄を見捨てたくはない。

シェリルが寝室にいるふたりを見つける。

「ほら、さあ、弟みたいに外へ行きなさい」と彼女は言う。

双子は動かない。

シェリルは家にひとりきりになりたいのだ。そうすれば精神安定剤を二錠ばかり服んで、ウォッカトニックを一杯やれる。

「外へは行きたくない」オリヴァーが言う。

「ディズニーランドにも行きたくないわけ？」シェリルは訊く。

「行きたい」オリヴァーは答える。

「ならとっとと外へ行って、普通の子みたいに遊びなさいよ！」

新しい通りで遊ぶのは初日からうまくいかない。

女の子たちのボスで、むかいの家に住むジェニファー・グラントという少女が、マーガレットをいじめて泣かせてしまう。マーガレットのことをブスだと言い、縄跳び歌をひとつも知らない、と馬鹿にしたのだ。

オリヴァーは女の子など本当は殴れないのだが、それでもジェニファーを殴ってしまう。

ジェニファーは家に駆けこんでいき、かわりに兄が出てくる。そいつはオリヴァーの喉をひっつかんで彼を地面から持ちあげ、揺さぶりながら首を締めあげる。オリヴァーは息もできないし、叫ぶこともできない。彼が道路に投げ出されると、ジェニファーが家から出てきて腕組みをして笑う。ほかの子たちもそれをまねする。ちびのアンソニーまでもが。でも、アンソニーが多数派につくのも無理はない。

テレビ番組で見るような、いかにもな場面だ。現実とは思えない。でも、現実だ。そして一瞬のできごとでしかない。子供たちはすぐに飽き、ほかの気晴らしを探しにいってしまう。

双子はこっそりとまた家にはいり、ガレージに隠れて父親の帰りを待つ。

父親は帰宅が遅くなる。職場はウィルシャー大通りのＦＢＩ支局なので、行き帰りに時間がかかるのだ。

その晩の夕食の席で、双子は事件のことを話さないし、アンソニーはもうすっかり忘れている。トムはひとりでしゃべりまくる。新しい地位のこと、新しいチャンスのこと。シェリルは彼に、何か子供たちに伝えたいことがあるんでしょ、と水を向ける。トムはにやりとして、こんどの土曜日にディズニーランドへ行きたいかと訊く。子供たちはいっせいに、行きたい、と答える。

ところが土曜日になると、トムにはどうしても抜けられない仕事ができる。だが、次の週末にはかならず連れていく、と約束する。

「きっといつまでたっても行けないと思う」その晩マーガレットは寝室でオリヴァーにそう予言する。

「ぼくもそう思う」オリヴァーは同意する。

「首、まだ痛い？」マーガレットは訊く。

「いや」とオリヴァーは答えるが、マーガレットには兄が嘘をついているのがわかる。

彼女はベッドで〈ベビー・シッターズ・クラブ〉の本を読んでいる（四人組の女の子を主人公にしたアン・M・マーティン作の人気シリーズ小説）。その巻ではメアリー・アンのところにいわゆるチェーン・レターが届き、メアリー・アンはすっかりおびえてしまう。仲間たちは彼女に、そんな手紙は破り捨てちゃいなさいと言う。そうすれば悪いことは何も起こらないと。

メアリー・アンは手紙を破り捨て、悪いことは何も起こらない。そこがチェーン・レターのつまらないところだ。

マーガレットは名案を思いつく。

悪いことを先に起こせばいいのだ。

次の火曜日、ジェニファー・グラントのうさぎが小屋から逃げ出していなくなる。

あくる日、ジェニファーは学校でお弁当箱に手紙がはいっているのを見つける。〝ランチのときにグレープジュースを服にこぼせ。さもないと、うさぎの命はないぞ〟

カフェテリアでランチを食べているとき、ジェニファーはみんなの前でグレープジュースを自分の服にこぼす。

手紙はなおも届く。

要求はどんどんエスカレートする。

授業中に起立して「くそ」と言え。一時間の授業で五回トイレに行く許可をもらえ。ジェニファーは要求どおりにする。

ついには、朝の六時に裸で家の外に十分間立っていろ、という耐えがたい命令が届く。それをやったらうさぎは返してやる、と書いてある。

ジェニファーは家の外に十分間裸で立つ。するとその日、うさぎの死体のありかを伝える手紙が、ジェニファーの持ち物棚にはいっている。

マーガレットとオリヴァーは裸のジェニファーを撮ったポラロイド写真を、自分たちの部屋の箪笥の下に隠しておく。かならずいつか役に立つはずだ。

暮らしはいつもどおりに続く。末っ子のアンソニーは新しい学校にも新しい友達にも、うまく適応しつつある。双子もようやく馴染んできたように見える。

シェリルは孤独で退屈している。母親に電話すると、我慢しなさいと言われる。あんたなんか幸せなほうなんだからと。シェリルは精神安定剤と、ウォッカトニックと、キューバリブレで自分を癒やしつづける。

二カ月にわたるロサンジェルスでの仕事を終えたトムが、酔っぱらって帰ってくる。車をぶつけており、ひどく腹を立てている。そしてシェリルと派手な口論をする。ひっぱたくと、シェリルは勢いよくぶっ倒れる。

ちびのアンソニーは泣きだすが、オリヴァーとマーガレットはその場を冷ややかにながめている。

49

そのセラピストが開業しているのはブルックリンの真新しいオフィスビルで、下には誂《あつら》えものの雨傘を売る店がはいっている。とってもおしゃれ。

レイチェルは豪華な待合室でイギリス版の《ヴォーグ》誌を気もそぞろにめくっている。

雨が窓をたたき、修復されたアンティーク時計の秒針がのろのろと進む。マネの《鏡の前で》の複製を見つめる。女が鏡を見ているが、本人の顔は見えない。自分の鏡恐怖症を考えると、何やらふさわしいような気がしてくる。流れている音楽はマイルス・デイヴィスのかなり後期のアルバム、《おまえは逮捕された《ユア・アンダー・アレスト》》の曲だ。これも言わば、いまのあたしへの皮肉なコメントだ。レイチェルはそう思う。

カイリーは何を話しているのだろう。〈チェーン〉のことも誘拐されたことも、しゃべってはいけないと言ってあるが、自殺願望やおねしょや不安に対処する手立てを、セラピストが教えてくれるといいのだが。

効果などないことはレイチェルもカイリーも承知しているが、それでも試してみざるをえない。ほかにどうすればいいのか。

五十分後、セラピストが現われて、レイチェルを元気づけるように小さくうなずいてみせる。**二十代の人間なんかに人の心が――いや、そもそも何かが、わかるんだろうか？**

そう思いながらレイチェルは微笑みかえす。

帰りの車に乗っているあいだじゅう、カイリーは何も話さない。

プラム島橋を渡り、ターンパイクを走り、道を曲がって、ふたりは家に戻ってくる。あまり無理強いしたくはないが、カイリーはここまで何ひとつ話してくれていない。

「で？」とレイチェルはついに促す。

「性的な暴行を受けてるのって訊かれたから、いいえと答えた。学校でいじめられてるのって訊かれたから、いいえと答えた。ボーイフレンドのことで悩んでるのって訊かれたから、いいえと答えた。あたしが示してるのは、肉体的なトラウマを経験した人の徴候だって言われた」

「ま、それはあたってるわね。実際ひっぱたかれたんだから」

「うん。だけどそれはしゃべっちゃいけないんでしょ？　あのことは誰にもしゃべっちゃいけないんでしょ？　あたしはあそこに座って、十代の悩みやストレスや高校へ行くことの不安について、嘘をついてるしかなかった。だってほんとのことはしゃべれないんだもん。すぐそばでお巡りさんが殺されたことも、顔に銃を突きつけられて、おまえも母親も殺すと脅されたことも。自分のママがさらってきた小さな女の子と一緒に、床に寝なくちゃいけなかったことも。ひと言でも漏らしたら、あの人たちがあたしたちを殺しに戻ってくるかもしれないことも」カイリーはそう言って泣きだす。

レイチェルが娘を抱きしめると、激しい雨がボルボの屋根をたたき、フロントガラスを流れ落ちる。

「あたしたち、罠にかかっちゃったんでしょ、ママ？　警察に行ったら、ママとピート伯父さんは誘拐の罪で刑務所に入れられちゃうんでしょ？　それでもむこうはまだ、あたしたちを殺そうとするんでしょ？」

レイチェルは何も言えない。

家にはいると、部屋は寒く、ピートが薪ストーブを修理しようとしている。「どうだった？」と訊いてくる。

レイチェルは首を振り、〝その話はやめて〟と口の動きだけで伝える。

無言の夕食。カイリーは皿の上で食べ物をあちこちへ動かす。レイチェルは食欲がない。

ピートはふたりのことをひどく心配する。

ピートとカイリーが寝てしまうと、レイチェルは自分のブログを見にいく。コメント欄への新着通知がある。〝匿名さん〟から。画面を下へスクロールしてコメントを読む。

〝やつらに見られる前にブログを削除しろ。《ボストン・グローブ》の個人広告欄に注意していろ〟とある。

二度言われる必要はない。〈ブロガー〉にログインして〝ブログを削除する〟をクリックする。

〝本当にこのブログとその内容をすべて削除しますか？〟と〈ブロガー〉が訊いてくる。

レイチェルは〝はい〟をクリックして、ログアウトする。

50

水曜日、午前五時。レイチェルは眠れない。

起き出して、お気に入りの赤いセーターとローブを着、コーヒーをいれる。暗いリビングに腰をおろして、しばらく潮だまりのむこう側の家々の明かりを見ている。

それから外に出て待つ。セーターのほつれをつまむ。飼い猫のイーライが様子を見にやってきて、何度か体をなでさせたあと、オポッサムと戦うためにするりと葦と砂の中へはいりこんでいく。

警戒心がうなじの神経末端をぞくりとさせる。これは太古からの反応だ。人類は捕食者でもあれば獲物でもある。

執拗な動悸。不思議な手脚の震え。

今日は重要な日になるだろう。

第三幕の幕があくのだ。

朝日はまだ低くぼんやりしており、空気は冷たいけれど身を切るほどではない。

湿地のにおい。

鳥たちの声。

自転車の黄色いヘッドライトがオールドポイント・ロードに。

ポール・ウェストンはいつもほぼまっすぐにレイチェルの家までやってくる。いまどき《ボストン・グローブ》を定期購読する家はほとんどない。ポールの自転車が近づいてくる。レイチェルは少年をぎょっとさせないためにポーチから手を振るが、結局びっくりさせてしまう。

「うわ、オニールさん！　おどかさないでくださいよ」

「ごめんね。眠れなくて。新聞が来るのを待ってようと思ったの」

家のほうへいいかげんに新聞を放るかわりに、ポールはレイチェルのところまで自転車を漕いできて、じかにそれを手渡す。

「いい一日を」と言って走り去る。

レイチェルは中にはいり、リビングのテーブルに新聞を広げると、主照明をつける。

見出しは無視して、まっすぐに個人広告と小広告の欄をひらく。イーベイやクレイグズリスト（広告や求人の投稿サイト）の浸透にもかかわらず、《ボストン・グローブ》にはいまだに毎日何十もの個人広告が掲載される。

死亡広告と恋人募集と車の広告を飛ばし読みし、ようやく〝その他〟の見出しの下に探していたものを見つける。

〝鎖、売ります・買います――1・202・965・9970〟

ピートを起こしてその広告を見せる。

彼は首を振る。「どうかな」

「やろうよ」レイチェルは譲らない。

「なぜ？」

「何もしなかったら絶対に終わらないから。〈チェーン〉はカイリーをじわじわ殺してるし、いまもまだそこにいて、あたしたちにつきまとって、あたしたちのことを憶えてるし、ほかの家族や、母親や、子供たちを引っぱりこんでるから」

「まるで〈チェーン〉に命があるみたいな言い方だな」

「あるんだってば。〈チェーン〉は数日ごとに人間の生贄《いけにえ》を要求する怪物なの」

「どうかな。寝た子を起こしちゃうんじゃないか？」

「あいつらは寝てなんかいない。そこが問題なの。あたし、使い捨て携帯でこの番号にかけてみる」

「おれがかけたほうがいいかもしれない。〈チェーン〉のやつらはおれの声を知らないはずだから。これが罠だったら、ってことだけど」

「だいじょうぶ、作り声で話すから。おばあちゃんの訛りをまねする」

ピートがクローゼットから使い捨て携帯を入れた袋を取り出して、無作為に一台を選び出すと、ふたりはカイリーを起こすまいとしてデッキに出る。

ピートは時計を見る。まだ朝の六時半だ。「人に電話するには早すぎじゃないか？」

「カイリーが起きてくる前にかけたいの」

ピートはうなずく。気は進まないが、ここはレイチェルに任せてつきあうしかない。レイチェルはその番号にかける。

すぐに男の声が電話に出る。「もしもし？」

「ジンブンの広告のことでお電話じたんでずけど」レイチェルは祖母のポーランド訛りを適当にまねて言う。

「それがどうしたんです？」男は訊く。

「実は鎖のことで悩んでいまじて、そちらも同じ悩みをお持ちじゃないか、だったら助け合えるんじゃないか、そう思ったんでず」

長い沈黙がある。

「あのブログを書いたのはあんたか？」男はこれまたかすかに外国訛りのある低いバリトンで訊く。

「ええ」

ふたたび長い沈黙。

「あんたを信頼していいかどうかわからないな。それにあんたも、ぼくを信頼することに慎重になったほうがいい。個人情報はいっさい明かさないこと。いいか？」男は言う。

「ええ」

「あいつらが聞いてるかもしれない。いや、あいつらがあんたであってもおかしくない。あるいはぼくであっても。わかるか？」

「ええ」

「ほんとにわかってるか？　この危険は冗談じゃないぞ」

「わかってる。眼の前で見てるから」レイチェルはもう訛るのをやめている。

数秒が経過する。「あんたはアリアドネと名乗ってるから、ぼくのことはテセウスと呼んでくれ。一緒に迷宮へはいっていくことになるかもしれない（テセウスはアリアドネと協力して、迷宮に住む怪物ミノタウロスを倒す）」

「ええ」

「あんたが迂《う》闊《かつ》な女じゃないことを祈るよ、アリアドネ。あのブログは迂闊だった。この電話も迂闊だ」

「自分が迂闊な女だとは思わない。あたしはこれを止めたいと思ってる人間」

「それはまた大きく出たな。どうして自分がこの怪物を止められると思うんだ？」

レイチェルはピートを見る。「いくつか突きとめたことがあるの」

「ほんとか？　よし、アリアドネ、じゃあこうしてくれ。今日の正午にローガン空港へ行け。ターミナルAから出発する国内便のチケットを、なんでもいいから買うんだ。保安検査を通過して出発ラウンジで待て。そっちの番号はわかってる。その携帯を持ってこいよ。こっちからかけるかもしれない。かけないかもしれないが。誰も信用しないこと。とりわけぼくは。迷宮を造るのは隠れるためじゃなく、待ち伏せするためだってことを忘れるな」

電話は切れる。

「で？」とピートが訊く。

「行く」

「信用しちゃだめだ。たとえそいつでも」

「こんなことは終わらせなくちゃ。あたしは行く」レイチェルは譲らない。

「いや、行かせない。こんなのはどうかしてる」

ピートは心から心配しているものの、彼の危惧の源は自分自身の抱える問題にもある。レイチェルは知らないが、メタドンはそれほどピートを立ちなおらせてくれてはいない。純粋なゴールデンブラウンや高地メキシコ産ヘロインをやっていた者にとって、バイエル薬品のメタドンなど、退役軍人病院の依存症回復カウンセラーらが考えるような解決にはならないのだ。

ピートはいらいらそわそわして、頭が働かない。こんなありさまで、この新しい計画に取りかかる？　薬物療法を受けている最中のレイチェルと？

どうかしてる。もうすんだことだ。放っておくべきだ。

「あたしに指図するのはやめて。人にああしろこうしろと言われるのは、もううんざり！」レイチェルは言う。

「きみの命に関わるんだぞ。カイリーの命に」

「そんなことわかってる！　わかってないと思うの？　あたしは自分たちの命を救おうとしてるんだから！」レイチェルはピートの手を取る。「やるしかないの」そうささやく。

ピートは彼女を見る。

レイチェルは一週間おきにマサチューセッツ総合病院で文字どおり毒を投与されている。それでもまだ生きている。切りぬけている。死んでいない。

「いいだろう」とピートは言う。「ただしおれも行く」

51

レイチェルはローガン空港を好きになったためしがない。みんなつねにいらいらしている。九・一一はここから始まった。長蛇の列。いやな雰囲気。レッドソックスのグッズ。

ふたりはデルタ航空のカウンターに行って、クリーヴランド行きの航空券を買う。

保安検査を通過して待つ。レイチェルはサングラスをかけてヤンキースの帽子を目深に引きおろしている。なんの足しにもならないだろうが。

時計の針は正午をまわる。

「どうする？」ピートが訊く。

「わからない」レイチェルは答える。

「新聞に載ってた番号にかけてみたら？」

レイチェルは五分待ってからかける。

「おかけになった番号は現在使われておりません」と自動音声が応答する。

十二時半になってようやく、レイチェルの使い捨て携帯が鳴る。

「デルタのシャトル・ゲートのそばの〈リーガルズ・テスト・キッチン〉へ行って、クトゥルフ・ブラックエールとチャウダーを注文しろ。ひとりで来いよ」男の声が言う。

「連れがいるの。手伝ってくれた人。一緒にやってるの」レイチェルは言う。

「ふうむ。じゃあ、クトゥルフ・エールを二本とチャウダーをふたつ注文しろ。七十三番のテーブルが空《あ》いてるようだ。左側のブース席だ」

「で、それから？」

「それから、ぼくに会うんじゃないのか？」

ふたりは〈リーガルズ〉にはいり、七十三番テーブルに着いて、そのビールを二本とクラムチャウダーを二杯注文する。監視されているような気がする。されているに決まっている。

「誰がそうだと思う？」レイチェルは客と店員を見まわしながら訊く。店は混んでいる。こちらのほうへ眼を向ける人間は大勢いる。見きわめるのは不可能だ。

彼女はさらに帽子を引きおろす。

「まずいな。これでむこうにはこっちの正体がわかったのに、こっちにはむこうの正体はわからないんだから」ピートがつぶやく。

レイチェルはうなずく。自分の直感はこの人物を信頼しろと告げているけれど、信頼する理由はない。ピートの被害妄想のほうが基本姿勢としては正解だろう。

だが、レイチェルはカイリーのことが心配でならない。どちらを選ぼうと、まずい選択なのだ。行動するのもまずい。しないのもまずい。典型的なジレンマ。地雷原にパラシュート降下したようなもので、安全な脱出路はない。〈チェーン〉はこうやって人を試すのかもしれない。誰かを餌として送りこんで、潜在的な脱退者を釣りあげるのだ。ここにいる人たちは全員が〈チェーン〉の手先なのかもしれない。これであたしたちも――

眼鏡をかけた大男がのっそりとやってきて、ふたりのいるブース席に腰をおろす。「ここへ来るなんて、きみらはとんでもない危険を冒したな」かすかに東欧訛りがある。毛むくじゃらの大きな手を差し出す。「ぼくはさしずめ勇敢なテセウスだろう。きみが聡明なアリアドネだな」

「ええ」とレイチェルは言いながらその手を握る。

男はずいぶん背が高く、大柄でもある。おそらく身長は百九十五、六センチ、体重も百三十キロ前後はあるだろう。年齢は五十代の初めぐらい。髪の毛はまだあらかた残っており、もさもさと長く伸ばしている。むさくるしい顎鬚は灰色になりつつある。色褪せた茶色のジーンズに、コンバースのスニーカー。トレンチコートとコーデュロイのジャケットの下には、『禅とオートバイ修理技術』の表紙画像をプリントしたTシャツ。極悪非道な〈チェーン〉の黒幕には見えない。でも、人は見かけによらないものだよね？　ダブルのスコッチかバーボンらしきものを手にしている。

ピートが手を差し出す。

「きみが連れか？」と男はその手を握りながら言う。

ピートはうなずく。

男は力なく弱々しい、悲しげでおびえたような笑みを見せ、酒の残りをあおる。「まあたしかに、保安検査場のこっちには銃もナイフも神経ガスも持ちこめないが、そんなのは一時しのぎにすぎないよな？　きみらが〈チェーン〉の人間なら、これでぼくが誰かはわかったはずだから、ぼくはどのみち死ぬ。逆にぼくが〈チェーン〉の人間なら、きみらが誰かはわかったから、きみらが死ぬ」

「ほんとにおれたちが誰かわかるか？　いったい何人の人間が〈チェーン〉に加えられたと思うんだ？　何百人もいるはずだぞ」ピートは言う。

「そのとおり。何百人、ことによると何千人だろう。誰にもわからん。ぼくが言いたいのは、きみらはもうぼくの写真を撮ってるだろうから、それをデータベースと照合すれば、ぼくが空港を出たとたんに、ぼくを始末させられるってことだ。いま現在〈チェーン〉にいる誰かの〝やることリスト〟にぼくを加えるだけで、その誰かがぼくと娘を殺すだろう。やる人間はいくらでもいる。人は充分な動機さえあれば、大統領でも王様でも法定相続人でも、誰でも殺せるんだから」

男は眼鏡をはずしてテーブルに置く。彼のハシバミ色の眼は、鋭くて、知的で、悲しげだ。レイチェルはそう思う。それに大学教授か聖職者のような雰囲気がある。これはもしかしたら、信用できるハシバミ色の眼かもしれない。

「あたしたち、信頼しあうべきよ」レイチェルは言う。

「なぜ?」男は訊く。

「あなたの顔は、あたしが経験したのと同じものを経験した人の顔だから」

男はレイチェルをじっくりと観察してからうなずく。「で、きみは?」とピートに訊く。

「手伝ったんだ。最後のところを。彼女の元義兄だ」

「軍人だな、外見からすると。よくあいつらが認めたものだな——それとも、そこはごまかしたのか?」

「彼はもう除隊してるし、むこうもかまわないと言ったの。あたしにはほんとにほかに誰もいなかったから」レイチェルは説明する。

「〈チェーン〉というやつは、いちばん弱い小鳥をつねに探してる鳥籠だ」男はそうつぶやくと、通りかかったウェイターを止めて、バーボンのダブルをもう一杯注文する。

「きみらのどちらでもいいが、クリギングか、行列プログラミングか、回帰分析をやったことがあるか?」と訊く。

「クリギング?」レイチェルは問いかえす。いったいなんの話をしてるんだろう。

「ガウス過程による回帰だ。統計分析のひとつの手法だよ。ないか?」

ピートもレイチェルも首を振る。

男はテーブルの番号を指先でたたく。「73という数はきみらにとってどういう数だ？」

「ペイトリオッツのオフェンシブ・ラインマンのジョン・ハナだ」ピートがすかさず言う。

「ゲイリー・サンチェスがヤンキースで最初のころ、73をつけていた」レイチェルも言う。

男はかぶりを振る。

「あなたにはどういう数なの？」レイチェルは訊く。

「二十一番目の素数だ。21という数は7と3という素因数を持ってもいる。面白い偶然の一致だな。あっちの七十七番テーブルも空いている。77はもちろん素数じゃないが、最初の八つの素数の合計であり、イリジウムの原子番号でもある。イリジウムのおかげで、恐竜の絶滅した理由がついに判明したんだ。ぼくが子供の頃には大きな謎だったんだがね。K／T境界にあるイリジウム濃集層のおかげだ。つまり原子番号77は、恐竜にとって死の前兆だったことになる。終わりの番号だ。あらゆる書物は七十七章で終わるべきなんだ。そうはなっていないがね。だけど、ぼくらはここで何かを始めようとしているんだよな？したがって、七十三番テーブルのほうが、七十七番テーブルよりはいくらかふさわしいわけだ。だろう？」

レイチェルとピートはすっかり困惑して男を見る。

男は溜息をつく。「もういい。数学はきみらの得意分野じゃないんだな。ま、こんなことはどうでもいい。技法より物語のほうが重要だ。どのくらいになる？」

「どのくらいって？」

「終わってどのくらいになる？」

「ひと月ぐらい」

飢えた表情が男の顔をよぎる。不気味な笑み。「そりゃいい。それこそぼくが望んでいたものだ。ぼくのほうは終わって三年半になる。手がかりはもう消えている。あいつらにつながる手がかりをまだ持ってる人間が必要なんだ」

「なんのために？」レイチェルは訊く。

バーボンが来ると、男はそれをひと口で飲みほして立ちあがり、テーブルに五十ドル札を置く。「きみの言うとおりだな。ぼくらは信頼しあうべきだろう」とレイチェルに言う。「彼は気にいらない。肚が読めないんで。だけどきみは――嘘つきじゃない。行こう」

ピートはかぶりを振る。「おれはそうは思わない。ここで問題ないと思う」

男はもさもさの髪を両手で掻きあげて後ろでポニーテールに結う。「じゃあ、こうしよう。四十五分後ぐらいに、ぼくはケンブリッジのマサチューセッツ街にある〈フォア・プロヴィンスィズ〉というパブにいる。店の奥の個室を取っておく。使わせてもらえるんだ。常連なんで。そこで会えるかもしれないし、会えないかもしれない。それはきみしだいだ」

「どうしてここじゃだめなの?」レイチェルは訊く。

「ぼくの物語を語るのには、もう少しプライバシーが欲しい。ぼくらの計画を練るのにも」

「なんの計画?」

「きみがここに来た理由だよ」

「というと?」ピートが訊く。

「そりゃ、〈チェーン〉をぶっ壊すことさ」

52

一家はまた引っ越すことになる。こんどは東部へ戻るのだ。郷里の近くのボストンへ。彼らは荷造りをする。取っておくものと、寄付するものと、捨てるものを決める。トムと幼いアンソニーはロサンジェルスを懐かしむだろうが、双子とシェリルはこの地にあまり馴染めなかった。

ボストンのほうが暮らしやすいだろう。トムの父親が近くに住んでおり、孫を溺愛している。

そして、引っ越しの週末のこと。

シェリルは双子の部屋で簞笥を動かす。

オリヴァーの撮った裸のジェニファーのポラロイド写真が出てくる。ジェニファーは家の前に立っており、写真はおそらくオリヴァーのベッドから撮られたものだ。

シェリルはそれをオリヴァーに見せて釈明を求める。オリヴァーはなんの言い訳も思いつかない。だが、その写真を撮ったことは否定しない。シェリルは彼を変質者と呼んで、頬をひっぱたく。「お父さんが帰ってくるまで待ってなさい」トムがスーパーマーケットから段ボール箱をもらって帰ってくる。ずいぶん時間がかかったのは、途中でバーに寄っていたからだ。

　オリヴァーとマーガレットは二階で待っている。シェリルがトムに話すのが聞こえてくる。「なんだと！」というトムの声がする。

　トムが二階に上がってくる。オリヴァーのTシャツの襟をつかむと、彼をベッドの上段から引きずりおろして、壁にたたきつける。

「この変態野郎が！　おれがどう思ってるかわかるか？　おまえはガキの頃、きっとベビーフードにLSDを入れられたんだ。ありうるぞ。だって――いや、おまえらひょっとすると、おれの子じゃないんじゃないか！」トムはわめく。

　アンソニーが騒ぎを見物しに二階に上がってくる。彼が戸口に立ってにやにやしているのをマーガレットは眼にする。その笑いのせいでアンソニーは命を落とすことになる。

「ただの冗談だったんだ」オリヴァーは言う。

「冗談てのは、こういうもんだよ」トムはそう言うと、床に倒れているオリヴァーをひっつかんでバスルームへ引きずっていき、シャワーの下に放りこんで水栓をひらく。

　冷たい水をかぶるとオリヴァーは悲鳴をあげる。

「面白いだろ、え？」トムは言う。

トムは二分ほど水を出しっぱなしにしてからやっと栓を閉める。

オリヴァーははらわたも飛び出さんばかりに絶叫している。トムは首を振り、アンソニーの背中に腕をまわして一緒に階段をおりていく。

オリヴァーはバスルームの隅にひっくりかえったまま、まだひいひい泣いている。マーガレットはその横にはいりこんで、兄の頭を抱く。オリヴァーは自分が涙を見せたことも、こんな目に遭ったことも恥じている。

「あっちへ行け」と妹に言う。

だが、本気ではないし、マーガレットにもそれはわかっている。

泣き声が嗚咽《おえつ》に変わる。一日が長くなる。夕陽がオレンジ街に沈んで、ロングビーチ空港に着陸する飛行機が黒いシルエットになる。

「だいじょうぶよ」とマーガレットはわななく兄の手を握りながら言う。「みんなやっつけてやろう」

53

三人がいるのは、ケンブリッジのパブ〈フォア・プロヴィンスィズ〉の奥の個室だ。

レイチェルとピートは大男と向きあって座っている。店内には陽気な雰囲気が漂っているが、ここはちがう。三人の前には三パイントのギネスと三杯のダブルのスコッチ。それでしばらくはウェイトレスに邪魔をされずにすむはずだ。レイチェルは野球帽を脱いで自分のビールの横に置く。ピートの顔を見るが、ピートは肩をすくめる。ピートにもどう始めていいのかよくわからないのだ。

レイチェルは時計を見る。もう二時十五分だ。カイリーは学校が退けたらスチュアートの家に行くことになっている。ふたりの迎えにはスチュアートの母親が行ってくれる。スチュアートの母親は筋金入りの弁護士で、このうえなく頼りになる。父親は元陸軍軍人で、いまは自宅で仕事をしているが、まだマサチューセッツ州軍にいる。マーティをのぞけばスチュアートの両親だけが、カイリーを安心して預けられるほぼ唯一の相手だ。とはいえ時間はどんどん過ぎていく。暗くなる前には帰りたい。「あたしたち、どっちかが先に帰らなくちゃいけないの」レイチェルは言う。

のっそりした悲しげな眼の大男はうなずく。「そうだな。ぼくが連絡したんだからな」と言う。「まずはいちばん大事なこと。安全の確保についてだ。ブログ、メール、文書記録はいっさい禁止。ぼくと会うときには、尾行されていないことを徹底的に確かめろ。でたらめな駅で地下鉄をおりるんだ、《フレンチ・コネクション》みたいに。それを何度も何度も、尾行されていないのがわかるまで繰りかえすんだ」

「ＯＫ」とレイチェルは上の空で言う。

男の表情が曇る。「いや、〝ＯＫ〟じゃだめだ。〝ＯＫ〟じゃ不充分だ。確信する必要がある。命がかかってるんだから。きみはどえらい危険を冒したんだぞ、空港でぼくに会うなんて。そのうえ、のこのことこんなところまで来て。ぼくを信頼できるとどうしてわかるんだ？　きみらをここへ誘い出して、ふたりとも殺して、裏口からこっそり姿を消すことだってできるんだぞ」

「空港じゃおれは銃を持ってなかったが、いまは持ってる」とピートが言い、上着のポケットをたたく。

「ちがう、ちがう！　そういうことじゃない！」

「じゃ、どういうことなの？」レイチェルは穏やかに訊く。

「警戒を怠るなということだよ。数週間前に……ま、わからないんだが。数学科に泥棒がはいって、五、六カ所の研究室を荒らされた。ぼくのところだけじゃなくね。だけど、それは攪乱《かくらん》作戦かもしれない。いくら目立たないようにしていても、ぼくは波風を立てていたから。波紋を。ものごとを引っかきまわしてしまったのかもしれない。マークされて、探られているのかもしれない。わからないがね。しかもさらにまずいことには、きみにもわからないいんだ。きみはぼくをまったく知らない」

レイチェルはうなずく。数週間前ならこんな会話は、頭のおかしな人間の被害妄想だと思っただろう。でも、いまはちがう。

男は深い溜息をつくと、トレンチコートのポケットからよれよれの手帳を取り出す。

「これは〈チェーン〉に関するぼくの三冊目の日誌だ。ぼくの本名はエリック・ロンロット。そこに勤めてる」と親指で背後を指さす。

「厨房に？」ピートが訊く。

「マサチューセッツ工科大学（ＭＩＴ）だよ。数学者なんだ。ケンブリッジに来たのは、ぼくと家族にとっちゃ最悪のできごとだった」

「何があったの？」レイチェルは訊く。

エリックはギネスをたっぷりとひと口飲む。「最初から話そう。ぼくはモスクワで生まれたんだが、十三のときに両親に連れられてアメリカへ移住してきた。育ったのはもっぱらテキサスだ。テキサス農工大に通って、そこで数学の博士号を取って、妻のキャロリンと出会った。キャロリンは画家だった。大きな美しい絵を描くんだ。ほとんどは宗教的な画題のね。娘のアナが生まれたのは、ぼくがスタンフォードで位相幾何学のポスドクをやってたときだ。あの頃は幸せだった」

「そのあとここへ来たのね」レイチェルは言う。

「ケンブリッジに引っ越してきたのは二〇〇四年だ。終身在職権つきの准教授の地位を呈示されたんだよ。MITからのそんな申し出を断われるやつはいない。何もかもうまくいっていた。ところが二〇一〇年に……」エリックは言葉に詰まり、話せなくなる。ギネスをもうひと口飲んで、気を取りなおす。「ニュートンのアトリエから自転車で帰宅する途中の妻が、SUVに撥ねられた。即死だった」

「お気の毒に」レイチェルは言う。

エリックは力ない笑みとともにうなずく。「最悪だったよ。ぼくも死にたかったけれど、娘がいたからね。乗り切ったよ。そういうことってのは、とてもできないと思うものなんだが、やれるもんなんだ。五年かかったがね。長い五年だった。ようやく立ちなおりかけていたところで、こんどは……」

「〈チェーン〉か」ピートが言う。

「二〇一五年の三月四日。アナが学校からの帰り道でさらわれた。真っ昼間に、ケンブリッジで。たったの四ブロックだったのに」

「うちの娘はスクールバスの停留所でさらわれたの」

　エリックは財布を取り出し、Tシャツにジーンズ姿の利発そうな巻き毛の女の子の写真をふたりに見せる。

「アナは十三歳だったが、とても内気で、年齢のわりには幼かった。抵抗できなかった。あの子を取りもどすために何をしなければならないか告げられたときには、信じられなかったよ。普通そんなことは夢にも思わないだろ？　それでもぼくは、やるべきことをやった。アナは真っ暗な地下に四日も閉じこめられていて、やっと解放された」

「ひどい」

「その試練からあの子はついに立ちなおれなかった。発作を起こしたり、幻聴が聞こえたりするようになった。一年後、湯船の中で手首を切って自殺を試みて、いまはヴァーモント州の精神科病院にいる。会いにいっても、ぼくだとわからないことさえある。ぼくの娘なのに。アナには調子のいい日もあれば、悪い日もある。ひどく悪い日も。あのかわいい聡明なアナが、涎《よだれ》掛けを着けて、プラスチックのスプーンでベビーフードを食べさせられてる。ぼくもアナも〈チェーン〉に人生をめちゃめちゃにされたんだ。以来、ぼくは〈チェーン〉の息の根を止める方法を探してる」

「そんな方法があるの？」レイチェルは訊く。

「ひょっとしたらね」とエリックは答える。「じゃあ、こんどはきみが話す番だ。どんな経験をしたんだ？」

ピートが首を振る。「いや、物々交換じゃないんだ。あんたの言うように、こっちはあんたのことをなんにも知らないんだから——」

「娘をさらわれたの」とレイチェルは言う。「しかたなくあたしはよそのうちの女の子をさらった。それからずっと悪夢を見てる。娘はそれこそひどい状態」

「しかもきみは癌を患ってる」エリックは言う。

レイチェルはにっこりして、薄くなってきた髪に思わず手をやる。「目敏《めざと》いのね」

「それにきみはニューヨークの出身だ」エリックはさらに言う。

「たんなるヤンキース・ファンかもよ」レイチェルは言いかえす。

「両方だな。しかも肝の据わったヤンキース・ファンだ。この街の全員から白い眼で見られても平気な」

「白い眼だけならうれしいんだけど」レイチェルは言い、もう一度にっこりしてみせる。

「〈チェーン〉と称する組織体をぼくはもう一年以上も調査している」とエリックは言い、ふたりに手帳を渡してよこす。ふたりはゴムのバンドをはずしてそれをひらく。

中は日付、名前、グラフ、所見、データポイント、予測、日記、小論で埋まっている。すべてぎくしゃくした黒い小さな文字で記されている。暗号で書かれているようだ。

「初めは何も見つからなかった。みんな恐怖で口をつぐんでいたんだ。しかしもう少し調べていくと、新聞の個人広告欄に匿名で〈チェーン〉への言及があるのに気づいた。あちこちに、ひとつかふたつ、曖昧なほのめかしもあった。わけのわからない不可解な犯罪記事も。それをいろいろと分析してみた。ふるい分けマッピング分析、統計的回帰分析、マルコフ連鎖モデリング、時間的事象分析。そして結果を突き合わせ、そこから推定して、結論をいくつか得た。多くはないが、いくつかね」

「どんな結論？」レイチェルは訊く。

「〈チェーン〉が誕生したのはおそらく二〇一二年から二〇一四年のあいだだ。回帰分析によれば二〇一三年の中央日になる。もちろん〈チェーン〉を操っているやつらは、ぼくらに〈チェーン〉は古くから存在していて、何十年も、いや、何百年も打ち負かされていないんだと信じこませたがっているが、たぶんそれは嘘だろう」

「古くからあると言えば、ますます太刀打ちできないように思わせられるものね」とレイチェルは同意する。

「そういうこと。ぼくは古いものだとは考えていない」エリックは言い、またひと口ビールを飲む。

「あたしもそう思う」レイチェルは言う。

「ほかにはどんな結論が出たんだ？」ピートが訊く。

「〈チェーン〉をつくりあげたやつは、どう見てもきわめて頭がいい。大学卒。天才レベルのIQ。博学。おそらくぼくと同年輩。白人男性のはずだ」

レイチェルはゆっくりとかぶりを振る。「あたしはちがうと思う」

「ぼくは調べてみたんだ。こういう捕食者は総じて自分と同じ人種集団内で活動する。たとえ獲物の選定に擬似乱数的な要素を持ちこもうともね。そいつはぼくと同年輩か、あるいはもう少し年上だろう」

レイチェルは納得のいかない顔をするが、何も言わない。

「〈チェーン〉とは、それ自身を守りつつ創設者のために金を稼ぐことを目的とした永続的なメカニズムだ」とエリックは話しつづける。「ぼくの考えでは、四十代後半の白人男性により二〇一〇年代の初期に構想されたもので、不景気と銀行危機が引金になっていると思われる。ことによると、ラテンアメリカの人質交換誘拐をモデルにしているのかもしれない」

レイチェルは自分のギネスをひと口飲む。「創設時期についてはあなたの言うとおりかもしれないけど、年齢と性別についてはちがうと思う」

エリックもピートも驚いたように彼女を見る。

「あの女は本人が見せかけてるほど年輩じゃないし、本人が思ってるほど利口でもない」とレイチェルは言う。「哲学の話題を持ち出して、あたしにこけおどしを言ってみせたけど。哲学はあの女の専門分野じゃない」

「どうして女だと思うんだ？」

「それははっきりわからないけど。自分が正しいのはわかってる。あたしが話してた相手は、ボイスチェンジャーを使ってたけど女だった」

エリックはうなずいて、手帳に何かを書きこむ。

「むこうからは使い捨て携帯とウィッカー・アプリで接触してきたのか？」と訊く。

「そう」

エリックはにやりとする。「〈チェーン〉はきわめて巧みにみずからの安全を守ってきた。使い捨て携帯からの匿名の通話、数週間で消滅する匿名のビットコイン口座、定期的にIDを変更する匿名の暗号化されたウィッカー・アプリ。汚れ仕事には代理人を雇う。きわめて巧妙だ。ヘマとはほぼ無縁だと言っていい」

「ほぼ？」

「部分的には鉄壁だ。ぼくに言わせれば、〈チェーン〉のすべての環を逆にたどって創始者を突きとめるのは不可能だね。むろんそれは人質の選定における擬似乱数的な要素のせいだ。きみは自由に標的を選んだが、それはぼくも同じだし、その前もその前も、というようにどこまでも続く。それを最初までさかのぼろうとしてもむだだ。知ってるんだよ。やってみたんでね」

「じゃ、どうやって〈チェーン〉を操ってるやつらを突きとめるんだ？」ピートが訊く。

エリックは手帳を取りあげてページをめくる。「さんざん調べたんだが、実のところ、答えはほとんど見つかってないんだ。ぼくの――」

「まさかこの会合は時間のむだだったなんて言わないよな？」ピートはさえぎる。

「ああ。やつらの手口は巧妙だが、しょせんは人間だからな、ミスを犯さないともかぎらない。どんなスパイだって完璧なスパイ技術なんか持っちゃいない。と思う」

「むこうはどんなミスを犯してるの？」

「少し慢心して、ルーズになっているんじゃないかな。いまにわかる。やつらとの最後のやり取りのことを話してくれ」

レイチェルは話そうとするが、ピートが彼女の腕に手を載せる。「これ以上しゃべるな」

「信頼しあわなくちゃ」レイチェルは言う。

「いや、信頼しちゃだめなんだ、レイチェル」ピートは言う。

ピートは自分のミスに気づかないが、レイチェルは気づく。エリックも。手帳を手にして、〝レイチェル〟と書きこんだようだ。

ここまで来ちゃったんだから。レイチェルはそう思い、「ひと月前。十一月の最初の週」と言う。

「むこうからかけてきたのか？」

「ええ」

「で、ウィッカー・アプリを使った？」

「そう。それがなぜそんなに重要なの？」

「ウィッカー・アプリもビットコイン口座も、市販のものとしちゃ最高水準の暗号技術で守られていて、破るにはスーパーコンピューターで何十時間も何百時間もかかる。そのうえやつらはウィッカー・アプリのＩＤを、少なくとも最初の頃は定期的に変えて、安全性をさらに高めていたはずだ。それにもちろん、冗長化とダミー・アカウントで幾重にも守られているだろう。だがそれでも、ぼくはやつらの通信手段に欠陥をひとつ見つけたと思ってる」

「どんな欠陥？」

ウェイトレスがドアをあけて首を突っこんでくる。「お食事のご注文はないですか？」スコットランド訛りでそう尋ねる。

「ない」とエリックは冷ややかに答える。

ウェイトレスがドアを閉めると、エリックはコートを着はじめる。「いまのは新人だ。気に食わない。行こう」

54

ボストン・コモン公園のベンチ。港から冷たい風がぴゅうぴゅうと吹いてくる。三人のむかいには、南北戦争で戦死したロバート・グールド・ショー大佐と彼の指揮した第五十四連隊兵士の記念碑がある。あたりに人影はほとんどない。ジョギングをしている人と、学生と、ベビーカーを押している人が数人いるだけだ。

レイチェルはエリックを見つめて待つ。エリックはようやく安心したらしく、話を再開する。「標準的な構造の擬似乱数的暗号化機能は耐漏洩性を備えていると、一般には信じられているが、ぼくはそうは思わない。しかも相手がいいかげんな技能の持ち主なら、ぼくみたいな人間にとって解読はさらに容易になる」

「どういうことかわからない」とレイチェルは言う。ピートを見ると、ピートもわかっていないようだ。ソフトウェアについての予備知識を持っているにもかかわらず。

「むこうはふたとおりの方法でこちらに接触してくるが、ぼくが思うには、どちらも解読できる」エリックは続ける。

「使い捨て携帯というのは、みんなが考えているほど安全じゃない。たとえすべての通話が、電磁波を遮断するファラデー・ケージに収められた、新品の使い捨て携帯からかけられたものであってもだ。一般には、そのような通話は絶対に逆探知できないと考えられているがね」エリックはにやりとして言う。

「だけど、あんたはそれを破る手を考えついたってわけか？」ピートが言う。

　エリックの笑みが大きくなる。

「ぼくはこの一年間、もっぱらそれを研究してたんだよ」

「どういうしろものなんだ？」

「出力レベルとアンテナ・パターンを測定するソフトウェアを、スマートフォンにインストールする。これは理論的には可能なんだよ。するとそのスマートフォンは、かかってくる通話をリアルタイムで分析できるようになるんだ」

「あんた、それをやったのか？」ピートは感心して言う。

「そういうコンセプトであれこれやってたんだ」

「使い捨て携帯からかかってくる通話を逆探知できるわけか？」

「いや。しかし携帯電話の基地局、つまり最寄りのアンテナ塔は、見つけられるかもしれない」エリックは控えめに言う。

「どうやって？」

「やったんじゃないか！　やっぱり！」ピートはなおも言う。

「教えて」レイチェルは言う。

エリックはジョギングをする人が通りすぎるのを待って話を続ける。「いまは索敵アプリケーションの仕上げをやってるところだ。これを使えば、たとえファラデー・ケージに収められた使い捨て携帯からの通話だろうと、かけている場所の最寄りの基地局を割り出せる。いったん基地局が特定されたら、その携帯の信号周波数を絞りこむことが可能になって、アンテナ塔から携帯本体までのおおよそのベクトルが、まあ、二、三百メートルの範囲でわかるんじゃないかな」

レイチェルは自分がすべてを理解しているとは思えない。「それはつまりどういうこと？」

「糸をたどって迷宮の中心へたどりつけるかもしれないということだ」エリックは答える。

「じゃあ、ウィッカー・アプリのほうは？」とレイチェルは訊く。「それがむこうの主要な通信手段よ」

「それも手法はさほど変わらない。ぼくの索敵アルゴリズムは、暗号化されたメッセージを解読することも、送信者を突きとめることもできないが、そのメッセージが送信された場所の最寄りの携帯電話基地局を見つけることはできる。そりゃもちろん、ニューヨークのタイムズスクエアから送信していたら無理だが、個人の家から送信していたら、逆探知できるんじゃないかな」

「あんた、どうしてまだそれをやってないんだ？」ピートが訊く。

「ぼくが最後にやつらと接触したのは二年半前だからな。むこうがぼくと話すのに用いた使い捨て携帯はもう破壊されているし、ぼくと通信するのに使ったウィッカーIDもすでに変更されている。手がかりは消えてしまっているんだ。しかしきみのほうは……」とエリックはレイチェルを見る。

「あたしのほうは？」

「やつらのスパイ技術についてぼくの読みがあたっていれば、やつらはきみと話すのに使ったIDを、まだそのまま使っているかもしれない」

「使ってる。感謝祭の日にメッセージを寄こした」

「そりゃいい！」エリックは声をあげる。

「どうやるの？」レイチェルは訊く。

「むこうをたっぷりと怒らせるか、脅すか、不安にさせるかして、きみに連絡を取りたくなるように仕向けるんだ。そうすればむこうはメッセージを寄こすか、うまくすれば使い捨て携帯で電話をかけてくる。むこうがある程度長くしゃべってくれれば、こっちはそのソフトウェアを作動させて、むこうの携帯が接続している基地局を特定できるだろう」

「だけど、むこうがタイムズスクエアにいたり、車か何かで移動中だったりしたら？　こっちはむこうを見つける望みもなく、ただ怒らせるだけだぞ。しかもおれたちは背中に標的を描かれて、やつらに襲われるはめになる！」ピートが異議を唱える。

「たしかにこの計画には危険がないわけじゃない」エリックは言う。

「それはおれたちの危険だ。おれたちが危険を全部負うんであって、あんたはゼロだ」ピートは言う。

「で、あたしは何をすればいいの？」レイチェルが訊く。

「よせ、レイチェル！　こんな話に——」

「あたしは何をすればいいの？」レイチェルはもう一度訊く。

「その不明の発信者とウィッカーか、もっといいのは携帯電話でやり取りをして、そいつと接続しているあいだに、ぼくのソフトウェアにナマの逆探知をさせてくれ」

「どういう意味、〝やり取り〟って？」

「会話をできるだけ長引かせるんだ。ウィッカーの逆探知はあまり正確じゃない、まだソフトウェアを改良している段階なんだ。でも、携帯電話の逆探知なら。それも会話が二、三分続けば。言うことなしだ」

「どうなるの？」

「索敵アルゴリズムが通話を逆探知して、うまくいけば最終的には、その通話が送られてくる基地局を突きとめられる」

「それは固定電話にも使えるのか？」ピートが訊く。

「むこうが固定電話からかけて来るようなまぬけなら、二秒でつかまえてやるよ」

「きっとあたしはトラブルの種だと思われちゃうわね」とレイチェルは言う。「そんな長い会話をしたら。自分にも家族にも、あいつらの注目を引くことになっちゃう」

「たしかに」とエリックは認める。「しかも白状しておくと、そのアプリはまだ完全とは言えない。試作段階なんだ。国内のどこからかけているのかわからない通話を逆探知するのには、膨大な演算能力が求められるからね」

「国内の大半を無視して、ひとつのエリアに絞れるとしたらどう？」レイチェルは訊く。

「はるかに簡単になるな」とエリックは言う。「だが、それは無理だ。むこうはどこからだってかけてこられるんだから。海外からだって――」

「あの女はボストン出身よ。それに〈チェーン〉はもっぱらニューイングランドで活動してるみたい。故郷の近くで。あいつらは〈チェーン〉を身近に置いてるの。あたしでもトラブルに備えてそうするはず」

「どうしてその〝女〟がボストン出身だと思うんだ？　ボストン訛りなんかなかったぞ」エリックは言う。

「訛りは矯正してるはず。ボイスチェンジャーを使ってるときには、ものすごく慎重にしゃべってる。でも、抑揚まで完全に捨てることなんてできないでしょ？　あたし、もしやと思って、会話の途中でちょっと試してみたの。話してたのはボストン市警のことだったから、ボストンじゃ〝Uターン《ユーイ》をぶっても〟警察に逮捕されちゃう、と言ったら、むこうはそれを聞いて笑った。つまりその言いまわしが通じたわけ。そんな言いまわし、あたしはこっちに越してきて初めて聞いた。もちろん、ボストンの人間じゃなくてもわかる人は大勢いるだろうけど、あたしの勘じゃ、あの女はボストンの人間」

エリックはうなずく。「それは助かるな。ニューイングランド以外の地域をサーチしなくてすむのであれば、そのアプリははるかに効率がよくなる。桁《けた》違いによくなる。北米には五億人が暮らしていて、数十億の電話回線があるが、ニューイングランドの人口は一千万ぐらいだ」

「つまり、あなたのアプリは五十倍速く答えを出せるかもしれないわけね」レイチェルは言う。

エリックはうなずく。「たぶん」

「だけど、ほかにもやり方はあるはずだ。おれたちに注意を引かないようなやり方が」ピートが言う。

「ぼくはこれしか思いつかない。きみはまだやつらとじかに接触できる。たしかに危険ではあるが、無謀なほど危険というわけじゃない。アプリを作動させて、やつらの居どころを突きとめたら、匿名で警察に通報しよう。ひと月ぐらい待ってからでもいいかもしれない。それならやつらも、きみからの電話と自分たちの逮捕を結びつけないはずだ」

「こんな計画、おれはまったく気にいらないな」ピートは言う。

「時間が大切なんだ。やつらはじきにウィッカーのＩＤを変更するはずだ。そうしたらもう、ぼくらはやつらとじかに接触できなくなる。ぼくはあの泥棒騒ぎでしばらく躊躇《ちゅうちょ》していたし」エリックは紙片に何やら書きつける。「これがぼくの新しい使い捨て携帯の番号だ。速やかに決断してくれ」

レイチェルは紙片を受け取ってエリックを見てから、彼の背後にある記念碑に眼をやる。詩の一節が頭をよぎる。あぶくに乗ったショー大佐が、〝喜ばしき破裂を待っている〟というあの詩だ（ロバート・ローウェルの『北軍の死者に捧ぐ』）。

あたしたちはみんなあぶくに乗っているんだ、と彼女は思う。**喜ばしき破裂を待っているんだ。**

レイチェルはエリックに手を差し出す。エリックはそれを握る。

レイチェルはベンチから立ちあがる。「じっくり考えさせて」

55

エリックはいい気分でＭＩＴの研究室に帰る。

ついに希望をつかんだのだ。長いあいだの情報不足ですっかり希望を失っていたが、やっとチャンスがめぐってきた。ゲームは確実に始まったのであり、あの人でなしどもは息の根を止められるだろう。

《ニューヨーク・タイムズ》に広告を出して〈チェーン〉に挑戦しようかと考えたこともあった。電話を寄こさせ、さもなくばおまえらの存在を暴露するぞと。だが、むこうはそんな広告に反応しなかったはずだし、それどころか、いずれその広告の主を突きとめていただろう。そうしたらエリックも娘も、命の危機にさらされていたはずだ。

〈チェーン〉に敵対することにレイチェルが臆病になるのも無理はない。だが、自分よりは彼女のほうがましだ。エリックはそう考え、考えたとたんに後ろめたさを覚える。

全員があいつらと戦うんだ。ぼくら全員が。レイチェル、天の賜物《たまもの》。出会えたのは幸運だ。頭がいい。あれはみごとな読みだ。自分も端《はな》からボストンに焦点を絞っているべきだったのだ。手に入れたデータ・ポイントの大半はニューイングランドにあったのだから。コロラドとニューメキシコで発見したあの暗殺と思しき事件、あれはどちらも外れ値だったのだ。

そう。これは本物の進歩だ。

軽やかと言ってもいい足取りで、エリックは傷んだシボレー・マリブに乗りこみ、MITの職員駐車場を出る。

緊張した面持ちの女に別の車から監視されていることには気づかない。その女がニュートンの自宅まで尾けてくることにも気づかない。

もしかしたら、むやみに恐れなくともよいのかもしれない。尾行されているのは彼だけではないのだから。

彼はとりあえずまだ、リストのトップには来ていない。何日か休みを取ったり、休暇に出かけたりすれば、危険はないのかもしれない。

ところがあいにくと、いまの彼はやる気満々であり、自分の行動が、とりわけ自分のグーグル検索が、モニターされ、記録され、〈チェーン〉に送られて処理されているとは思ってもいない。

56

トムと、シェリル、オリヴァー、マーガレット、幼いアンソニーは、トムが特別捜査官に出世したことを祝ってカリブ海クルーズに出かける。

トムもボストン支局の組織犯罪課全体も、マスコミから大いに好ましい注目を集めつつある。プロヴィデンスから来たイタリア系のパトリアルカ・ファミリーは、ボストンでも一時は大きな勢力を誇ったものの、いまでは密告や囮《おとり》捜査によって弱体化している。アイルランド系のウィンターヒル・ギャングは解散し、首領のホワイティ・バルジャーは逃亡中だ。トムはまさにＦＢＩのゴールデンボーイと言える。それはまあ、癇癪《かんしゃく》持ちという問題は抱えているが、問題のないやつなんかいるか？　熱心に働いているんだから、こんな休暇ぐらい当然だ。

トムは家族のためにプロムナード・デッキに近いジュニア・スイートを予約した。末っ子のアンソニーがなぜかひとりで二段ベッドの一段を占領し、年上のマーガレットとオリヴァーのほうは、もう一段にふたりで押しこめられている。

だが、マーガレットとオリヴァーはあまり気にしていないし、アンソニーがふたりに偉そうな態度をとろうとするのも黙って無視している。

ナッソーに立ち寄った船は、夕暮れどきに盛大な花火とともに出港する。クルーズもほぼ終わり、船は一路マイアミを目指す。まことにすばらしい航海だった。

夜更けにアンソニーは腕を揺さぶられて眼を覚ます。マーガレットだ。

「しいっ」とマーガレットはささやく。「デッキにね、あんたに見せたいすごいものがあるの」

「なあに？」アンソニーは眠たげに答える。

「秘密。見てのお楽しみ。でも、ほんとにすごいの」

「何さ？」

「まあ、あんたは寝てたほうがいいかもね。大きい子しか見られないから。オリヴァーはもうデッキにいるけど」

「鯨？」

「一緒に来たら見せてあげる」

マーガレットはアンソニーを船尾へ連れていく。たしかにオリヴァーはそこで待っている。

「なあに？」

「あっちだ」とオリヴァーは言いながら暗闇の奥を指さす。「ほら、抱えあげて見せてやるよ」

「いい、自分で――」とアンソニーは言うが、もう遅い。

マーガレットとオリヴァーは何カ月も前からこれを計画している。自分たちが乗ることになった船が旧式のもので、監視カメラがついていないことも確認ずみだ。下準備として二度ばかり、アンソニーが夢中歩行で滑稽な冒険をしたというでたらめな報告もしてある。

ふたりはアンソニーを手すりの上に持ちあげると、泡立つ航跡の中へ突き落とす。

57

ふたたびニューベリーポートの〈スターバックス〉でカイリーの受け渡し。ガールフレンドは前回と同じ。あの小柄なブロンド。こんどはちゃんと関心を払おう。レイチェルはそう心に決め、カイリーがややこしい注文をしにいっているあいだに、せめて名前ぐらいは憶えようとする。

「レイチェルはいまカレッジで教えてるんだ」マーティがその娘《こ》に話している。

「うわあ、すごい」と小柄なブロンドは言う。

「自分でもいやになっちゃうんだけど、ほんとにごめんなさい、もう一度名前を教えて。何度も聞いたはずなのに、そのたびに忘れちゃって。想像はつくと思うけど」レイチェルは言う。

それを聞いてマーティはひどく心配そうな顔をする。怒っているのではなく、レイチェルの心の健康を本気で案じている。薬物療法というのはさまざまな形で人をむしばむことがある。「ジンジャーだよ」マーティは優しく言う。

「で、どんな仕事をしてるの？」レイチェルは訊く。

「ジンジャーは、驚くなかれ、ＦＢＩで働いてるんだ」マーティがまた本人のかわりに答える。

ピートとレイチェルは眼を丸くしておたがいの顔を見る。ピートもレイチェルと同じくらいぎょっとしているから、これは明らかに初めて聞く情報だ。カイリーは何も言っていなかったが、それはさほど驚くことでもない。法執行機関とはいっさい関わりを持ってはいけないと、さんざん言い聞かされているせいだ。

「ＦＢＩ？」とレイチェルは訊きかえす。

「ＦＢＩ」とジンジャーがおおげさな、映画の予告篇で聞くような太い声をまねして言う。

「それだけじゃないぞ、ボストン大学で犯罪心理学の博士号を取ろうとしてもいるんだ。いそがしい娘だよ」マーティがさらに言う。

「でも、それはあたしの思いつきじゃなくてね。局にやらされてるようなものなの」ジンジャーは感じのいいボストン訛りで謙遜してみせる。

「博士号？　とってもそんな年齢には――」とレイチェルは言い、もしかしたらあのテレビ番組の主人公の、天才少年ドギー・ハウザーみたいなタイプなのだろうかと考える。

「ジンジャーは三十だよ」マーティが言う。

あの口調にこめられているのは恐縮だろうか、自慢だろうか。マーティとほとんど同年輩のガールフレンド？　大人の仕事を持った大人の？　自慢だ、とレイチェルは判断する。

「十八ぐらいにしか見えないのに」と口を滑らす。「きっと……」どう締めくくっていいかわからず、あとが続かない。

「夜ごとに処女の血を浴びてるんだろう、か？」マーティが引き取る。

「そんなこと言ってないってば」レイチェルは言うが、そのささやかな抗議はジンジャーの大笑いでかき消されてしまう。マーティの言葉をひどく面白がっている。

「健康にいいスキンケアだけよ」ジンジャーは言う。

「おまえたち、いったいどこで出会ったんだ？」ピートもジンジャーに興味を惹かれて訊く。

「ボストン・コモンでジョギングをしていたら、文字どおりぶつかったのさ」マーティが答える。

「こいつは前にもその手を使ってるんだ」とピートは言う。「それは暴行だぞ、マーティ。いつか通用しなくなって、ムショ送りにされちまうからな」

ジンジャーはそれにも笑う。この兄弟をどちらも爆笑キャラだと思っているのだ。

若くて、きれいで、ユーモアのセンスにすぐれ、しかも頭がいい。これでお金持ちの生まれなら、マーティにとってはほぼ言うことなしだ。「じゃ、あなた、ボストン生まれなの、ジンジャー？」レイチェルは訊く。

「あらやだ、あたしの訛り、そんなにひどい?」

「いえ、そういうことじゃなくて。ただ、どこの高校に行ってたのかなと思って。もしかしたらあなたたち、同じ高校じゃない? あたしはこのへんじゃないんだけど」

マーティが首を振る。「ちがうちがう、ジンジャーはインスマス高校だ」レイチェルの聞いたことのない名前だ。「ど田舎町だよ」とマーティは説明する。

「あたし、本物の田舎の子だったと思う」ジンジャーは言う。「抜け出せて運がよかった」

はいはい、そうですか、とレイチェルは思う。〝本物の〟田舎の子供はボストン大学で博士号なんか取らない。でも、だめだめ、それは言っちゃだめ。こっちはハーヴァードなんだから。たとえ奨学金は一部給付でも。

「で、ＦＢＩでは何をしてるの?」とレイチェルは訊き、すばやくもう一度ピートを見る。

「プロファイリングかな?」とピートが水を向ける。

ジンジャーは笑う。「そう思う? 何年も行動分析課を狙ってはいるんだけど、局のお考えにより、ホワイトカラー犯罪課に入れられてるの」

「面白い仕事?」レイチェルは訊く。

悪質な銀行員らのことをみなでしばらく話題にしたあと、話が一段落したところで、マーティがカイリーの勉強のほうはどうだと訊いてくる。レイチェルは首を振る。「いろいろとストレスが溜まってて」

「教師たちが送ってくるあのメールを読んでるか？」

「うん」とレイチェルは答える。「その話はでも、ほら、ここではよしたほうがいいと思うんだけど」

「ああ、そりゃそうだ」とマーティは言う。「ただ、まあ、カイリーが何か問題を抱えてるのなら、ジンジャーが心理学者や精神療法士と一緒に仕事をしてるからさ」

「精神療法士はもう試してみたの。込みいってるのよ」レイチェルは答える。

「あたし、ほんとにいい先生たちを知ってるわよ」とジンジャーが親切に言ってくれる。

「局の中にも外にも」

「やめよう。当人が来た」ピートが言う。

家族の心配をよそに、カイリーは満面の笑顔だ。クリームとチョコレートをてんこ盛りにしたとんでもない飲み物を手にしている。

「じゃあ、行こう」マーティが言う。

「えー？　ちょっとだけみんなで座ってちゃだめ？」カイリーがせがむ。

一同が窓ぎわのテーブル席に座って話をしているうちに、雪が降ってきそうな空模様になる。マーティが、ニューイングランドほどクリスマスの美しいところはほかにないと言う。

レイチェルはにっこりして会話に加わろうとするが、ピートには彼女が疲れてきているのがわかる。一同はさよならを言い、ピートはレイチェルを連れて帰る。

その晩、レイチェルは食べたものを戻してしまう。

眠れない。

冷えたお茶のカップを手にしてベッドに起きあがっている。

またしても自責の念にさいなまれて。一年前に自分が癌に屈していたら、こんなことは何ひとつ起こらなかっただろう。

58

依然として終わらない。夢も。あの雪の中の男も。恐怖も。おねしょも。胃痛も。カイリーは日に日に弱っていく。当人は平気な顔をしていても、レイチェルにはわかる。レイチェルは知っている。そして自分もまた弱っている。衰弱しつつある。癌の治療が長引けば長引くほど、回復の過程も長くなる。

〈チェーン〉を攻撃するならいましかない。

ピートは計画に反対する。彼には彼の悪魔がいる。苦しみが戻ってきている。飢えが。ピートもまた元気をなくしている。

カイリーの悪夢。レイチェルの悪夢。バスルームのドアのむこうで泣くカイリー。こっそり抜け出してダッジ・ラムの中でひとりきりになるピート。ばさばさと抜けるレイチェルの髪。カイリーはお泊まりパーティを断わる。気づかれたくないのだ。三人ともアリスのように〝わたしを飲んで〟の瓶の中身を飲んでしまっている。手がかりの赤い糸を伸ばしきってしまっている。鏡をすっかり通りぬけてしまっている。

レイチェルとピートは家の裏手の寒いデッキに座っている。大西洋の波音。鎌のような月。寒々しく冷ややかな冬の星座。

レイチェルはピートの決断を待っている。

スコッチを飲みほして自分の体を抱く。

「やるしかない」

ピートは首を振る。「やる必要なんかない」

「エリックは――」

「あいつがやればいいんだ。危険はあいつが冒せばいい」

「彼にはできないのよ、あたしたちがいなかったら――あたしが。それはあなたもわかってるでしょ」

「おれたちはもう抜けたんだぞ。間一髪で切りぬけたんだ。運がよかったんだよ。もうちょいで三人とも、あのろくでもないものにやられるところだったんだから」ピートは言う。

レイチェルはピートを見る。五回の前線勤務をこなした海兵隊将校の言葉とは思えない。猜疑《さいぎ》の念にむしばまれているのだ。それとも失うものを――家族を――持つようになって、前より慎重になっているのだろうか。でも、何もしなければその家族を失うことになる。

「あれは〝もの〟じゃないの、ピート。〈チェーン〉は神話じゃない。永続なんかしない。人間なの。人間でできてるの。ミスも犯すし、隙もある。普通の人間と同じ。あたしたちはその中心にある人間の心臓を見つけて、破壊すればいいの」

ピートは長いあいだ考えこんでから、やっとうなずく。「いいだろう」と静かに言う。

「よかった」レイチェルはエリックの番号にかけ、「やります」と言う。

「いつ？」

「娘を遠ざけておきたいの。安全なところへ」

「というと、いつだ？　急がないと、むこうは手順を変えてしまう」

週末にはマーティとガールフレンドがカイリーを預かってくれるだろう。レイチェルはそう考え、「土曜日」と言う。

「朝の十時にきみに電話する。やつらを怒らせてくれ。むこうから電話がかかってくるように仕向けるんだ」

「了解」

「危険だぞ」

「わかってる」

「では、土曜日に」

59

マーティはうれしそうに笑う。「喜んで預かるよ。というか、願ってもない話だ。ジンジャーの提案で、この週末は彼女のおじいさんに会いにいくからさ。カイリーも連れていくよ」

レイチェルの心臓が一瞬、止まりそうになる。「あらあ、もうそんな段階？　むこうの両親に会うわけ？」おどけた明るい口調で言おうとするが、それほど明るい気分ではない。マーティはタミーのような相手とは絶対に結婚しなかっただろう。でも、つねづね欲しがっていた男の子をふたり産んでくれそうな、若くて頭の切れるＦＢＩ捜査官なら？

「そんなんじゃないよ。ジンジャーに結婚を申しこむわけじゃない。それにお父さんじゃなくて、おじいさんだよ。そんなおおげさなもんじゃない。会って挨拶するだけだ。双子の兄さんにも一緒にね。でも、カイリーが来てくれるのはうれしいな。きみも歓迎だよ。ピートも。あの一家は川のほとりに崩れかけた大きな古い屋敷を持ってて、森にぶらんこがたくさんあるらしいから、あんまり寒くならなければ遊びにいける」

「それはそそられるけど、あたしはこの週末はおとなしくしてるつもり」

「何か楽しいことでもしろよ。体調がよければ、まる一日温泉に行くとかさ。請求書はぼくに送ってくれればいい」

「そうするかも。知ってる？　別れた夫としては、あんたはそう悪くないよ」

「なんか嫌味に聞こえるな」

レイチェルはじゃあねと言って電話を切ると、二階に上がってカイリーに計画を伝える。

「なに言ってんの、ママ。週末はスチュアートがうちへ泊まりにくることになってるじゃん。お父さんとお母さんが、スチュアートの義理のお姉さんの卒業式にアリゾナへ行くから」カイリーは言う。

「ああ、しまった、そうだった」

レイチェルはまたマーティに電話する。「だめなんだった。あたしがぼけてた。ごめん。週末はスチュアートが泊まりにくるの。母親がフェニックスに行くから」

「スチュアート？　あのへんてこなそばかす小僧か？　あの子も来ればいい。ジンジャーは気にしないさ」

「なら、スチュアートのママに電話してちょうだい。あの人が〝うん〟と言うとは思えないけど。あたしのことも完全には信頼してないんだから、そのつながりで当然あんたのことも信頼しないはず」

「いや、逆だよ。むこうはぼくを信頼できるほうだと考えるはずだ。番号をメールで教えてくれ。電話してみる」

レイチェルは電話番号をメールし、マーティはもちろん自分の魅力にものを言わせてスチュアートの母親を説得する。週末はレイチェルのものになる。

ほかの薬物療法患者なら、その時間はおとなしくして回復に努めるだろう。ところがレイチェルは、怪物の隠れ処《が》を突きとめようとしている。

階下のピートのところへ行く。

「だいじょうぶよね？　エリックのアプリであいつらを見つけ出しても、むこうはあたしたちを探知したりできないよね？」安心したくて、そう訊く。

「むこうを怒らせすぎなければ、だいじょうぶだと思う。電話の逆探知と同じことをやるだけなんだから。むこうはおれたちに捜されてることにさえ気づかないさ。見つけ出せるとは思わないが、ほんとに見つけ出したら、あとは当局に任せよう。匿名でＦＢＩに電話すればそれですむ」

「それでもう安心？」自分のことよりカイリーのことを主に考えながら、レイチェルはまた訊く。

ピートはうなずく。

「よし」レイチェルはそう言うと、悪いことが起こるのを避けるおまじないとして、木製のテーブルの天板をこんこんとたたく。

60

一九九〇年代末。マサチューセッツ州ウォータータウンにある一軒の家。スピルバーグが映画の舞台にするようなこの郊外の街では、子供たちがバスケットボールをしたり、自転車に乗ったり、ストリート・ホッケーをしたりしている。相手チームを野次る声、縄跳び歌、笑い……

だが、サマー通り十七番地の家は喪に服しており、笑いやさざめきは聞こえない。ナッソーへのクルーズから半年。シェリルはいまだに立ちなおっていない。立ちなおれるわけがない。

セラピーに通い、抗不安剤を何種類も服用している。だが、どれも助けにならない。助けになるのは感覚を鈍麻《どんま》させることだけ。

毎朝トムと双子を送り出してしまうと、シェリルはほぼウォッカだけのウォッカトニックをこしらえる。それからテレビをつけ、抗不安薬のクロノピンとザナックスを一錠ずつ服んで、あちらの世界へ行ってしまう。

時間はのろのろと過ぎていく。

十一時半に郵便物が届く。シェリルが子供の頃には配達は一日二回あったが、いまはこの一回きりだ。

何が届いているかはわかっている。

請求書と不要な広告が何通か、それにまたあのいつもの手紙だ。

眼を閉じてふたたびあけたときには、太陽はすでに空を横断しており、郵便物を検める時間になっている。

広告と請求書には眼もくれず、シェリルは自分宛てのその手紙を開封する。〝売女《ばいた》へ〟という言葉で始まっている。

あとはシェリルをふしだらな女だ、息子を死なせたろくでもない母親だ、と非難する言葉が書きつらねてある。

こういう手紙はこれで十三通目だ。どれも黒のボールペンを使って大文字のブロック体で書いてある。

その手紙をリネンクローゼットの靴箱にほかの十二通とともにしまう。

それからもう一杯ウォッカトニックを作る。カクテル用のアンブレラを見つけてグラスに浮かべる。昼ドラの《デイズ・オブ・アワ・ライブス》をちょっと見てから、二階へ上がる。

バスルームの床に座りこんで、睡眠薬の瓶の蓋をあける。一錠を口に放りこんで、カクテルをひと口飲む。もう一錠放りこんで、もうひと口飲む。睡眠薬をひと瓶まるまる服んでしまうと、バスルームの床に横になる。

四時、マーガレットとオリヴァーが帰宅する。

学校から自分たちだけで歩いて帰ってくることに、ふたりはもう慣れている。オリヴァーはテレビをつける。マーガレットは本を読もうと二階へ上がる。読書家なのだ。レベルは自分の学年より二年上。いまはアーシュラ・K・ル＝グウィンの『ゲド戦記2　こわれた腕環』を読んでいる。面白くてやめられないが、とうとうバスルームへ行かざるをえなくなる。行ってみると、シェリルが床に倒れている。

口に泡を吹き、眼は動かず瞳孔は拡張しているが、まだ息はある。マーガレットはオリヴァーを呼んできて、ふたりでシェリルを見つめる。

「手紙だね」マーガレットが言う。

「手紙だな」オリヴァーも同意する。

ふたりはしばらくシェリルを見ている。シェリルの顔はトムの書斎の壁紙のような、淡い黄色になっている。

七時半になってやっとトムが帰ってくる。子供たちはテレビの前で冷凍ピザを食べている。

「お母さんはどこだ？」とトムは訊く。

「出かけたみたい。帰ってきたときにはもういなかった」マーガレットが答える。

「だけど、車は通りのむかいに駐まってるぞ」

「へえ、そう？」とマーガレットは言い、テレビに視線を戻す。

「シェリル！」トムは二階に向かって叫ぶが、返事はない。いらだたしげにキッチンへ行って、冷蔵庫からサム・アダムズを一本つかみ出す。ピザをひと口かじる。

トムがようやく二階へ上がったときにはもう手遅れだ。睡眠薬が呼吸不全を引き起こし、心臓が停止している。

トムはがっくりと膝をついて、冷たくなった妻の手を取る。

そして泣きだす。

「いったいおれが何をしたっていうんだ？」

そう口にしたところで、彼は思い出す。

61

エリックはひと晩じゅうそれにかかりきりだ。コーヒーはもう五杯目。偽の名前と身元は六重の入れ籠《こ》になっている。痕跡はきれいに消しており、新品のマックブックを使い、偽のIPアドレスでそのマックを遠くオーストラリアのメルボルンにあるように見せかけている。迷宮に深くはいりこんではいるが、自分は安全だ。そう考えている。

調査には満足している。必要なものはすべてしかるべき場所にある。

前々からずっと。

カルーシュ・クーン・タッカー条件は最適だ。どこをどのように探せばいいのかわかれば、情報はそこにある。ヒントも、個人広告も、告白も、すべて。〈チェーン〉に新たに人が加わるたびに、幾何学的な不安定さのレベルが高まる。〈チェーン〉はもう長らく崩壊の危機に瀕している。マックブックはひたすら多数のデータポイントをひとつの形にまとめる方法を割り出している。

エリックはコーヒーをすすり、量子コンピューター上での線形回帰についての、マリア

・シュルト、イリヤ・シナイスキー、フランチェスコ・ペトルチオーネの三人による論文を興味深く読む。彼らのアルゴリズムは魅力的だ。

だが、いまは気を散らさずに、これは将来の楽しみにとっておこう。

アマゾンのアレクサがレッド・ツェッペリンの《フィジカル・グラフィティ》をかけている。今夜三度目だ。彼は〈トランプルド・アンダーフット〉の冒頭のリフに耳を傾けるのをやめる。

妻と娘とともにニューヨーク近代美術館の前で撮った写真を見る。妻が世界中でいちばん好きだった場所だ。妻と娘はにこにこと笑っているが、エリックは不機嫌な顔をしている。

首を振り、涙をこらえ、手帳に書きこむために要約すべき画面上の箇条書きを見る。

万事順調。アプリは完全にはテストしていないが、きっとうまく作動するはずだ。そして作動させられるのはレイチェルだけだ。

リストを整理しなおす。いまのところかなり確実だと思われるのは、この四点だ。

1　少なくとも二名。ふたつの異なる特徴と流儀。家族。きょうだい？

2　本拠地はボストン

3　組織犯罪ではない

4　背景になんらかの法執行機関の影

〈トランプルド・アンダーフット〉が終わり、〈カシミール〉が始まる。

その女は九十秒前からエリックを見つめている。心拍数が跳ねあがっている。

あたえられた指示は明快だ――エリックを殺し、手帳を奪え。

なぜ自分が選ばれたのかはわかっている。かつて不法侵入で二度有罪になったことがあるからだ。玄人《くろうと》みたいなものだと思われたのだろう。でも、ちがう。あれは十代の頃の若気の過ちにすぎない。いまはれっきとした五年生の担任教師だ。幸いエリックの家の裏口についていたのは古い鍵だった。こじあけるのに技術など要らない。

女は運がよかった。

エリックは運が悪かった。

女は前にも生き物を殺したことがある。ケープ岬の路上で犬を撥ねてしまい、雪掻きシャベルで安楽死させてやらなくてはならなかったのだ。

これからやろうとしているのも、それと同じことなのかもしれない。

この男は妻を亡くしているし、娘は精神科病院にいる。

そうだ。女はそう思い、エリックの背中に銃を向ける。

62

五時に目覚まし時計が鳴りだす。レイチェルが眼を覚まさないうちにピートはそれを止めて、すばやくベッドから出る。

皮膚と眼と内臓がヘロインを渇望している。もうまる一日やっていない。自己最長に近い。彼はいま、プログラムを受けている何人かに勧められて、引き延ばしという手法を試みている。注射を打つ間隔をできるだけ延ばしていくのだ。最初はまる一日、次は一日半、次は二日というふうに。時計を見る。二十五時間五分。もう少しだ。もう少しで記録を更新する。気分は悪くない。いまのところは。

コーヒーをいれ、腕立て伏せをすると、バスルームにはいってドアに鍵をかける。量をいつもの半分にしたらどうなるだろう？　そんなやり方で依存を断ち切れるだろうか？　うまくいくだろうか？　半分は無茶だ。三分の二がいいところだろう。

通常の三分の二のヘロインを取り出し、スプーンで沸騰させ、注射器に吸いあげ、それを自分に注射する。

ソファに横になり、美しい夢の数々に一時間、身を任せる。

ふたたび眼を覚ます。

もっと長く夢を見ていることもできただろう。気分はいい。

コーヒーをもう少しいれ、シャワーを浴び、パンケーキの生地を用意する。銃のことが気になり、もう一度確かめにいく。これで三度目だが、施錠した自分のトラックにちゃんと積まれている。狩猟用ライフルと、四五口径と、レイチェルのショットガンと、九ミリを、それぞれ点検する。

四挺とも昨日射撃場に持っていって、たっぷりと練習してきた。海兵隊では工兵将校だったが、職掌がなんであれ、すべての海兵隊員はまず歩兵なのだ。

レイチェルが次に起きてくる。

彼女はぜんぜん眠っていない。

夜中に嘔吐していた。

薬物療法を終えてもう十一日になるというのに、ときどきこういうことがある。それともたんに恐怖のせいだったのだろうか。

テセウスという名の男がアリアドネという名の女に電話をかけてくるのは、きっかり十時だ。

レイチェルは寝室から出てきてリビングのテーブルに着く。

ピートは彼女の頭のてっぺんにキスをする。「眠れなかった？」

「眠れた。ちょっとだけね。また夢を見た」

なんの夢かは訊くまでもない。

また悪夢だろう。

未来を垣間見る悪夢だ。

八時にようやくカイリーが起きてきて、八時半ぴったりにスチュアートがやってくる。

「パンケーキを食べる人？」ピートは訊く。

ちょうどフライパンに生地を流しこんだとき、マーティとジンジャーがマーティのばかでかい白のメルセデスで到着する。

ピートはガスを止め、レイチェルとカイリーとともにふたりを迎えに出る。

「おや、〝リリーとローズマリーとハートのジャック〟じゃないか（ボブ・ディランの曲名にかけた冗談）」マーティはそう言いながらピートの背中をたたき、レイチェルとカイリーにキスをする。

「そう言うおまえたちは……」とピートは言うが、うまい返しを思いつかない。

一家の弁才を受け継いだのはまちがいなくマーティのほうだ。

魅力的なカップルだ、とレイチェルは思う。ジンジャーは髪が少し伸びたので、髪染めをすっかり落として、きれいな銅《あかがね》色に戻している。そのほうがブロンドよりずっと似合う。マーティの緑の瞳も心なしか濃くなっている。

「ピートがパンケーキを作ってくれたから、あたしがベーコンを焼く」レイチェルは言う。

一同はリビングのテーブルで朝食を食べる。

「うまいなこれ——パンケーキミックスで作ったのか？」マーティがピートに訊く。

ピートは首を横に振る。「おれはマーク・ビットマン（ニューヨークタイムズのコラムニスト）に賛成でね。パンケーキミックスは頽廃《たいはい》文明の徴《しるし》だ」

「子供の頃はいつもこうだったんだよ」とマーティはジンジャーとカイリーに言う。「何かたわいのない質問をすると、かならず世間がまちがってるという講釈を聞かされるんだ」

「嘘だぞ。わが家で甘やかされてたのはこいつなんだから」ピートは言う。

「あなたの子供時代はどうだったの、ジンジャー？」レイチェルが訊く。

「めっちゃくちゃ。しゃべらせないで。コミューンで過ごした頃のことは憶えてもいない。あちこちを転々としてからボストンへ戻ってきたの」ジンジャーは言う。

「それでＦＢＩに惹かれたの？　安定性に」レイチェルは訊く。

「そうでもない。父が捜査官だったし、祖父はボストン市警にいたから、まあ家業じゃないかしら」

朝食がすむと、レイチェルはマーティにこっそり訊く。「子供をふたりも押しつけちゃって、ほんとにだいじょうぶ？」

「それはもうジンジャーと話し合ったんだけど、ぜひカイリーとそのお友達におじいさんの家へ来てほしいってさ。イン川のほとりにある古い屋敷だから、面白いものだらけだよ。子供たちはきっと大喜びする。夢中になる」

「マサチューセッツのあそこらへんの古いお屋敷って、氾濫原《はんらんげん》にあるから、危険なところが多いのよ。気をつけてね、いい？」

「だいじょうぶ、豪華な屋敷だよ——大金をかけて手入れしたらしい」

「じゃあ、ジンジャーはお金持ちのお嬢さま？　ついてるわね、あなた」レイチェルは言う。

「まあ、きっと一族の金だろうな。一介のＦＢＩ捜査官にそんな金は稼げない」マーティは答える。

「悪徳捜査官なら別だけど」とレイチェルは冗談を言う。

「ばか言え、彼女を見ろよ——いかにも法と秩序って感じじゃないか」

スチュアートとカイリーの仕度がようやくできて、ピートとレイチェルは四人を車まで送っていく。「子供たちをお願いね」レイチェルは言う。

ジンジャーは彼女を抱きしめる。「心配しないで、あたしたちがついているから」と約束する。

たしかにお金持ちね、とレイチェルはジンジャーのバッグを見ながら判断する。小さいけれども豪華なエルメス・バーキンだ。

ハグとキスをひとわたり交わすと、四人はメルセデスで走り去る。

中に戻ると、ピートはテーブルにニューイングランドの地図を広げる。

「ここのどこかだ」

「あとはエリックからの電話待ちね。カイリーの靴に仕込んだGPS発信器がちゃんと作動してるか見てみる」

レイチェルが自分の携帯をオンにすると、たしかに、カイリーは南へ向かっている。

天気予報をチェックする。小雨、場合によってはにわか雪。

そう悪くない。

ふたりはエリックからの電話を待つ。

十時になる。

十時十五分。

十時半。

十一時。

何かあったのだ。

「どうしようか？」ピートが訊く。

「待つしかないんじゃない」レイチェルは答える。でも、何か恐ろしいことが起きたのだ。

それはわかる。

ピートにもそれはわかる。こういう感覚の一分後に、警報が鳴りひびいて砲弾が降りそそいでくるのだ。

十一時十五分。

十一時半。

大西洋から濃い海霧が押しよせてくる。不吉な予感を反映するかのような天気。

十一時四十五分、レイチェルの使い捨て携帯にメールが届く。

〝このメールが届いたら、それはぼくが危険にさらされたか無力化されたということだ。おそらく死んでいるだろう。このあとリンクを送る。電話通信とテキストメッセージ用の索敵アプリは、そこから匿名でダウンロードできる。注意――直接交信が長ければ長いほど、交信相手の正体を突きとめやすくなる。だからこれを使うことにしたら、会話をできるだけ長引かせること。Ｗｉｃｋｒ《ウィッカー》やＫｉｋ《キク》などの暗号化アプリに対しては、まだきちんと作動するようにできていない。むこうがそれらの方法で接触してきたら、うまく動かないだろう。生きていたら、バージョン二・〇あたりでなんとかしたい。幸運を祈る〟

次のメールは、エリックのアプリケーションをダウンロードできるサイトへのリンクだ。

レイチェルはそのメールをピートに見せ、テレビのニュースをつける。

さらに四十五分後、ボストンのテレビ局ＷＢＺがそれを報じる。

〝ＭＩＴの教授が今朝ボストンで殺されました。被害者のエリック・ロンロット教授は、自宅で何者かに三発撃たれており……〟

ニュースによれば、事件の目撃者はいないらしい。家には荒らされたような形跡があり、さまざまなものが盗まれていることから、警察は物盗りの犯行と見ているという。

「彼、手帳にあたしの名前を書いてた」レイチェルは言う。

63

シェリルの死から数週間後、トムは子供たちに新たなスタートを誓う。自分は生まれ変わって、もっといい父親になる。ディズニーランドへの旅行を予約する。仕事を減らす。おまえたちを人生の中心に据える。

いい父親の演技が説得力を持っていたのは十日ばかりだ。そのあと仕事上の何かがトムをいらだたせ、彼は帰り道で一軒のバーに立ち寄る。

やがてそのバーは仕事帰りのトムの行きつけの店になる。

ある晩その店でトムは誰かに出会い、ついに帰ってこない。

オリヴァーとマーガレットは気にもしない。

ふたりはもう自立している。オリヴァーはほとんどの時間を家のコンピューターの前で過ごしている。マーガレットはあいかわらず本の虫だ。探偵小説と恋愛小説を好んで読む。ものも書いている。匿名の手紙を。

彼女の好きな男の子が別の女の子を学校のディスコに誘った。

女の子は一通の手紙を受け取り、ディスコに行くのをやめた。

マーガレットに不可をつけた教師は、秘密をばらすぞという脅迫の手紙を受け取った。それは彼女がマーク・トウェインの本で読んだ古い手口なのだが、教師は次の朝、幽霊のように青ざめて現われた。

マーガレットにはもうひとつ、取り組んでいることがある。父親の筆跡をすらすらとまねできるようになることだ。

シェリルの一周忌の晩、トムは酔って帰ってくる。

子供たちの耳に、トムが階下で何かに激怒している声が聞こえる。

ふたりはトムが階段を上がってくるのを寝室で震えながら待つ。

長く待つ必要はない。

ドス、ドス、ドス、ドス。

寝室のドアが蹴りあけられる。

「ミートローフはどこだ？」とトムは言う。あまりにばかげた台詞《せりふ》なので、マーガレットはくすりと笑う。

トムが明かりをつけると、笑いは消える。トムはベルトを抜く。

マーガレットにミートローフを少し残しておいてくれと頼んだのに、ふたりに全部食われてしまったのだ。冷蔵庫にはほかに何もない。

「耳が聞こえないのか、このばかたれが？」トムはそう言ってマーガレットをベッドから力まかせに引っぱり出し、マーガレットの肩を脱臼させてしまう。

ふたつ折りにしたベルトで彼女をひっぱたいてから、泣くのはよせと命じる。ちょっとなでてやっただけじゃないかと。

それからまたドスドスと階下へおりていく。

マーガレットはひと晩じゅう痛みにもだえ、あくる日とうとう学校の養護教諭に病院へ行かされる。トムは大いに反省して、酒を断つ。教会へ通うようになり、男だけの保守的なキリスト教団体プロミス・キーパーズに加わる。

マーガレットとオリヴァーは時機を待つ。

教会は長続きしない。

二カ月後、ふたたび本格的に飲むようになる。

ある晩マーガレットは、ソファで前後不覚になっているトムのショルダー・ホルスターからリボルバーを抜き出す。トムの口をそっとあけて銃口を突っこみ、オリヴァーとともに引金を引く。そのあと銃の指紋を拭き取り、トムの右手にその銃を持たせる。

あらかじめ書いておいた遺書をコーヒーテーブルに置く。

ふたりは嘘泣きをしながら九一一番に通報する。

しばらく里子に出されたあと、マサチューセッツの沼沢地帯を流れるイン川のほとりの、荒れはてた蠅だらけの屋敷に連れていかれ、祖父のダニエルに押しつけられる。

ダニエルは引退したボストン市警の警官だ。

あまり会ったことはないが、ダニエルはふたりをしっかりと憶えている。ふたりがまだごく小さくて、ニューヨーク州北部のコミューンで暮らしていた頃のことを。

ダニエルはもうあまり都会へは行かない。釣りと狩りと罠猟で暮らしを立てており、屋敷にはいろいろな動物の髑髏《どくろ》がたくさん飾ってある。

ダニエルは折りひらいたショットガンをかついだまま、福祉団体の女に会う。マーガレットとオリヴァーは祖父を抱きしめる。

福祉団体の女は子供たちがその老人を知っており、好いているらしいのを見てほっとする。

「こいつらの継母はおれのこともこの場所のことも嫌ってたが、おれはこいつらに二度ばかし会ったことがあるんでな」ダニエルはそう説明する。

福祉団体の女が帰っていくと、ダニエルはふたりを台所へ連れていってバドワイザーをひと缶ずつあたえる。ふたりは不安げにそれを受け取る。大きな流しの上には、屠《ほふ》られた猪が一頭、逆さまに吊りさげられている。白い皮膚は蠅で真っ黒だ。

ダニエルはふたりにビール缶のあけ方を教える。コークの缶と同じだ。おれのことは〝レッド〟か〝じいちゃん〟と呼べ。将来は何になりたいんだ、おまえたち。そう訊かれて、オリヴァーはコンピューター業界あたりで金を儲けたいと答え、マーガレットは父親と同じようにＦＢＩの捜査官になりたいと言う。

ダニエルはそれをじっくりと考える。「どうなるかな。まずはその名前を変える必要がある」男の子を見る。「おまえはオリーにしよう。気にいったか？」

「はい」とオリーは答える。

ダニエルは女の子を見つめる。「おまえのほうはこれしかない。なにせその赤毛《ジンジャー・ヘア》だからな。ジンジャーにしよう」

64

怪物はすぐそこにいる。ガラス戸のむこうの霧の中に。

そいつはエリックを殺したのだから、エリックの手帳にレイチェルの名前を見つけたら、レイチェルも殺すだろう。レイチェルもカイリーもピートもマーティもジンジャーも、レイチェルにつながりのある人間はことごとく。

もう選択の余地はない。選択の余地などもともと幻想だったのだ。

やるべきことはひとつしかない。

手が震えている。

ピートが、答えを待つようにレイチェルを見ている。

自分が次に何をするかはもうわかっている。

まずは何をおいても、マーティに電話してカイリーの無事を確かめる。カイリーは例によって電話に出ないだろうが、ＧＰＳアプリは四人がボストンのコプリー・プレイスのモールにいることを示している。

マーティはすぐさま電話に出る。「ああ、だいじょうぶ。そろそろモールを出ようとしてるところだ」

「あの子、あなたの視界にはいってる？」

「もちろん。スチュアートとアディダスの店にいるよ」

「で、これからジンジャーのお父さんの家へ行くのね？」

「おじいさんの家だ。どうしたんだよ、レイチ？　何かあったんだろ？」

「カイリーが安全だということを確かめたかっただけ」

「安全だよ。むこうにはジンジャーの双子の兄貴もいるし、ジンジャーはれっきとした現役のFBI捜査官だし、おじいさんはボストン市警の警官だったんだ。これ以上の安全はないと思うぞ」

「ならよかった。危ないことをさせないでね、いい？」

「わかった。きみこそ元気でな。この週末はのんびりしろよ、頼むからさ。体力を取りもどさないと。な？」

「そうする」

ふたりはじゃあと言って電話を切る。

「次はどうする？」とピートが訊く。「警察か？」

レイチェルは髪を後ろで縛ってポニーテールにする。「カイリーは無事だけど、あたしたちは襲われるはず。この家を出ないと」

「計画は？」ピートは訊く。

「アプリをダウンロードして、うまく作動するかどうかやってみる。やつらを発見できたら、住んでるところを突きとめて警察に通報する」

「発見できなかったら？」

「ジンジャーに電話してすべてを話して、カイリーを保護拘置してもらう。そしたらあたしたちは出頭する」

ピートはレイチェルを見る。「時間はどのくらいあると思う？」

「わからない。数時間？　始めましょ」レイチェルは言う。

エリックのアプリを立ちあげる。ダウンロードは成功しているものの、ひらこうとすると携帯のホーム画面にメッセージが現われる。〝このアプリを作動させるには、以下の数列の次の数を入力しなければならない。8、9、10、15、16、20……まちがった数字を入力したら、きみの携帯はロックされ、きみのアカウントと結びついているデバイスはすべて二十四時間使えなくなる〟

レイチェルはそのメッセージをピートに見せる。

「強力な技術だからな。正確な数字を入れないとまずいぞ」ピートはつぶやく。

「数字のパターンは？　わかる？」

ピートは首を振る。「素数じゃない。前の数の合計でもない。ぱっと思いつくような並びじゃないな」

「一発勝負ね。まちがったらあしたまで再トライできない」

「だけど、あしたじゃもう遅すぎる」

「8、9、10、15、16、20」レイチェルは声に出して言ってみる。

「ググってみるよ」とピートは言うが、出てきたのは、子供に数の数え方を教えるユーチューブ動画へのリンクだけだ。

レイチェルは眼をつむって考えてみる。これはなんの数列なのか？　前にどこかで見たことがあるような気がする。

「この段階で、もうひとつ認証手続きを付け加えても意味はないよね？」と声に出して考える。「だってエリックは、このアプリをダウンロードするのはあたしだけだと知ってるんだから。そうでしょ？」

「そうだな」とピートは相槌を打つ。

「ほかに考えられるとしたら、〈チェーン〉だよね。〈チェーン〉がエリックの手帳を手に入れていて、解読を始めていたら、可能性はある。だとしたら、エリックはここにどんな暗号を仕込んだのかな。やつらは足踏みさせられるけれど、あたしは自由に通過できるものだよね」

「おれにはわからないな」ピートは言う。

レイチェルは携帯をテーブルに置いて、リビングを行ったり来たりする。雨が天窓をたたく。沿岸警備隊の船が霧笛を鳴らす。

「きみの哲学関係のこととか？」ピートが水を向ける。

「エリックが知ってるのはあたしが癌だっていうことと、母親だっていうこと、贔屓《ひいき》のチームがニューヨーク——そうか、わかった！」

レイチェルは携帯を手に取り、23と打ちこむ。

画面にメッセージが現われる。〝正解。ユーザー名を入力したのち、アプリケーションを起動してくれ〟

「23？　わからないな。それは素数だけど、20はちがう」

「ヤンキースの永久欠番よ。ボストンの人間にはわからないだろうけど、ヤンキース・ファンならわかる」レイチェルは言う。

アプリがアメリカの東海岸の地図をひらく。シンプルで使いやすいアプリだ。緑の〝探知開始〟ボタンと、赤の〝探知終了〟ボタンがある。けれどもそのシンプルさの裏には、高度な数学と統計分析が隠されている。

「ユーザー名は？」ピートが訊く。

レイチェルは〝レイチェル〟と打ちこむ。

〝ユーザー名認証エラー。入力はあと二回まで〟というメッセージが表示される。

こんどは〝エリック〟と打ちこんでみる。

〝ユーザー名認証エラー。入力はあと一回まで〟

〝アリアドネ〟と打ちこむ。

画面いっぱいにメッセージが現われる。


〝ようこそ、アリアドネ。このアプリが作動するのは、テキスト・メッセージと電話通信に対してだ。ベータ版は暗号化された通信アプリに対してもある程度は作動する。バージョン2はほとんどの暗号化されたメッセージ・アプリに対応する予定。通話中に緑のボタンをクリックするだけで、このアプリは通話の発信地点にいちばん近いアンテナ塔の位置を突きとめようとする。相手との通話を長引かせれば長引かせるほど、正確な位置を割り出せる〟


そのメッセージをピートに見せる。

ピートはそれを読んでうなずく。「じゃ、むこうがきみのウィッカー・メッセージにウィッカーのみで応答してきたら、うまくいかないかもしれないわけか」

「たぶんね」

「時間の制約がなけりゃ、明日の朝まで待とうと言うところだがな。日曜の朝早くなら、たいていの人間はみんな家にいる。だけど土曜の午後ってのは……」

「いまやるか、永久にやらないかよ。賭けに出るしかない」

「わかったよ」

「じゃ、いくからね」

レイチェルは画面のウィッカーのボタンをクリックし、メッセージを打ちはじめる。

〝感謝祭の日に言われたことを考えていました。〈チェーン〉から永久に抜けるすべがあるなら知りたいです。わたしはずっと悪夢を見ています。娘はひどい胃痛に悩まされています。お金で〈チェーン〉からきっぱりと抜けられますか？　教えてください〟

そのメッセージをピートに見せてから、ウィッカーの234838hudykdy2に送信する。

十分後、相手が返信を送ってきたという通知が届く。〝探知開始〟をクリックすると、エリックの索敵アルゴリズムが即座に始動する。

〝おまえからメッセージをもらうとはうれしい驚きだ。クリスマス・プレゼントには少々早いと思わないか？　残念ながら、われわれはおまえが求めているようなサービスは提供していない〟。メッセージにはそうある。

レイチェルの携帯のGPS地図がぱっと明るくなるが、それきり何も起こらない。地図はフリーズして、アプリはクラッシュする。画面をつついてみるが、反応なし。

「動かない」レイチェルは言う。

「エリックも暗号化されたアプリに対しては作動すると思ってなかったからな。電話の探知のほうがうまくいくと言ってた」

「あたしが〝電話してください〟なんて書いたら、それこそ怪しまれちゃう」

「どうかな」

レイチェルはふと思いつく。「ねえ、エリックは頭がおかしくなってたんじゃないかな。これってまったく動く見込みがないんじゃない？」

「MITは能なしなんか雇わないさ」

「でも、やっぱりおかしかったのかも。悲しみで気が変になっちゃったとか？」

「むこうを怒らせずにもう一度交信できると思うか？」

「怒らせたって平気じゃない。どうせむこうは手帳にあたしの名前を見つけたら、すぐに襲ってくるんだから」

「あの手帳がむこうの手にあるとはかぎらないぞ。エリックが金庫かどこかに隠してたかもしれない」

レイチェルは窓の外を見る。「むこうにある。いま読んでる。遅かれ早かれ、事実を考え合わせて答えを出すはず」

「おれのヘマだ。あれについてはほんとにすまないと思ってる」

「あなたがいなかったらカイリーは取りもどせなかったのよ、ピート」

レイチェルはもう一度ウィッカー・アプリをひらく。

〝〈チェーン〉から永久に抜ける方法が何かあるはずです。何かわたしにできることか、払える額のお金か。きっぱりとおしまいにして、もう安心だと思える方法が。お願いです、娘のためにどうかそれを教えてください〟。そう入力して送信する。

こんどは二分で返信が来る。やはりウィッカーからで、電話ではない。レイチェルは索敵アプリを作動させる。

〝おまえはかなり頭が悪いな。われわれは最初になんと言った？　目的は金ではない。〈チェーン〉そのものだ。〈チェーン〉は永久に続かなくてはならない。環がひとつはずれたら、全体が崩壊する。わかったか、ぼんくら？〟ウィッカーの234838hudykdy2はそう返信してくる。

索敵アルゴリズムが捜索と微調整を開始し、エリックのGPS探知アプリがぱっと明るくなるが、そこでまたしてもむなしくクラッシュしてしまう。携帯もフリーズし、レイチェルはやむなくそれをいったん切って再起動させる。

「だめ」彼女は言う。

「くそ！」

「もう一度やってみる」

〝どうかお願いします。家族のためです。〈チェーン〉を抜ける方法はありませんか？〟

レイチェルはそう書きこんで、ピートに見せる。

「送れ」

メッセージを送信する。こんどはすぐには返信が来ない。

五分経過。

十分経過。

「万事休すね」レイチェルは言う。

彼女のアイフォンが鳴る。

つかもうとして取り落としてしまう。

角から落ちて画面が割れる。

「くそ！」レイチェルは叫んで携帯をつかみ、エリックのアプリを作動させる。「もしもし？」

〝不明〟の発信者だ。声は例によって変換されている。

「おまえにできることがひとつあるぞ、レイチェル。自殺でもしたらどうだ、頭が悪いな！」

索敵アルゴリズムがぱっと息を吹きかえし、ボストンの北の地域をぐんぐん拡大しはじめる。

「お願い――」

「じゃあな、レイチェル」〝不明〟の発信者は言う。

もっとしゃべらせろ、とピートが口の動きだけで伝える。

「待って、切らないで。知ってるんだから、〈チェーン〉のこと。突きとめたんだから、ひとつ」レイチェルは言う。

一瞬の間があってから声が訊く。「何をだ？」

頭の中を考えが駆けめぐる。むこうが手帳を手に入れていなかった場合のことを考えると、エリックと結びつけられたくはない。あたしひとりで〈チェーン〉のどんなことを突きとめられるだろう？

「うちの娘をさらった女はヘザーっていう名前。彼女の夫はうっかり、息子の名前はジャレドだってカイリーにしゃべっている。ジャレドっていう名前の息子を持つヘザーっていう女を見つけるのは難しくないはず」

「その情報で何をするつもりだ？」声は訊く。

「そこから逆にたどっていけば、〈チェーン〉のいちばん最初まで行きつける」

「それは自分の処刑命令に署名することだぞ。そんなふうに自分と娘の命を危険にさらすとは、おまえは本当に愚かな女だな」

ふたりが話しているあいだに、アプリの焦点はマサチューセッツ州の狭い地域にぐんぐん絞りこまれていく。どんどん狭まっていく焦点円はいま、イプスウィッチとその南のボストンとのあいだのどこかを示している。

「問題を起こしたいわけじゃないの。ただ——ただ安心したいだけ」レイチェルは言う。

「こんど連絡してきたら、その日のうちに殺すからな」声がそう言うと、通話は切れる。

だが、アプリは作動した。その電話がかけられたのはエセックス郡の湿地帯にあるチョート島あたりだった。相手の最寄りの基地局はチョート島そのものにある。

レイチェルは地図のスクリーンショットを撮ってピートに見せる。

「やったな！」ピートは声をあげる。

「行こう！」レイチェルも言う。

ふたりは外のピックアップトラックに飛び乗る。

一号A線を南へ突っ走り、ロウリーとイプスウィッチを通過する。街を抜けたところで百三十三号線にはいる。イプスウィッチの大湿原《グレート・マーシュ》を走る狭い道路だ。

チョート島のできるだけ近くまでピックアップを走らせるが、湿地だらけの島そのものに渡る道はない。携帯電話のアンテナ塔を探すつもりなら、徒歩で行かざるをえない。このあたりまで来ると霧はそうひどくないものの、雨は冷たく、大西洋から横なぐりに吹きつけてくる。

車を駐めておりる。コートを着てハイキングブーツをはく。ピートはライフルとグロックと四五口径のほかに、役に立つかもしれないと思い、閃光音響手榴弾を二本持つ。レイチェルは自分のショットガンを持つ。体が震えている。ひどく不安で、息が苦しい。

「だいじょうぶ。今日は危険なことにはならない。偵察なんだから。情報をつかんだらFBIに知らせよう」

ふたりは小径を歩いてチョート島の近くの湿原へ分け入っていく。この雨と寒さにもかかわらず、驚くほど虫が多い。道の両側は植物がぼうぼうと茂り、息苦しいほど密生している。その隙間からときおりイン川が見える。茶色の藻類の下でどろりと濁っている。イン川はミスカトニック川の支流で、本流のほうは湾曲しながら湿地を北のほうへ流れていく。湿原全体はまるで隠された質量の中心へ向かって陥没しているように見える。木々の枝からはサルオガセのようなものが垂れさがり、枝の高みでは鳥たちが金切り声をあげ、冬だというのに刺蠅《さしばえ》はいっこうに数を減らしていない。

レイチェルはおびえている。ふたりは近づいている。それが感じられる。

夢と歌詞と悪夢とが、ここでは案内役だ。

探るなと警告されているのに、彼女はアリアドネの糸に導かれて〈チェーン〉を逆にたどっている。

だが、迷宮はみずからの秘密をそう簡単には明かしてくれないだろう。

それから三時間というもの、ふたりはチョート島の湿原と沼地を泥だらけになって凍えながら捜索するが、何も見つけられない。

携帯電話のアンテナ塔も。

携帯電話の中継基地も。

文明の気配はほぼ皆無だ。

少しひらけた場所でボトルの水を飲んでから、また捜索を続ける。さらにいらだたしい数時間。日が暮れてきた頃には、ふたりはもうずぶ濡れで、くたびれはて、あちこちを虫に赤く刺されている。自分たちのいるのがチョート島なのか、本土なのか、それともまったく別の水系の別の島なのかもよくわからない。無数の小川や小径を渉《わた》ってきた。薬物療法中の患者は普通、十二月の沼地を歩きまわったりはしない。

レイチェルは息をあえがせる。

あたしはここで死ぬんだ。この沼地で、いますぐ。それはピートにはわからない。ひと荒れしそうな空を見あげる。西の湿地の上に灰黒色の雲がむくむくと聳《そび》えたっている。「天気予報は雪になるって言ってなかった？」

「ああ、言ってたかも。こんなところで雪に降られるのだけはごめんだな」

「あなたがアンテナ塔を建てるとしたら、どこに建てる？　技術者として」レイチェルは訊く。

「高い場所だな」ピートは答える。

「高いところなんてある？」

「あそこのあの丘はどうかな？」ピートは言う。

それはずいぶんと低い丘で、海抜十メートルほどだ。藪の中を五百メートルほど行ったところにある。

「行ってみよう」

三分の二ほど登ると、携帯電話のアンテナ塔の輪郭が見えてくる。倒れているのか、でなければ一部が地面に沈みこんで傾いでいるのかもしれない。

ふたりは荒い息をしながら丘のてっぺんにたどりつく。

そこからだと、西に広がるイン川水系全体が見渡せる。薄緑の沖積平野は広大で、汚らしく、いやなにおいを放ち、滅びた海賊都市がその下でみずからの下水道から発掘されるのを待っているかのようだ。

レイチェルの心は沈む。

エリックはいったい何を考えていたのだろう？　あたしたちが〈チェーン〉の通話の発信地にいちばん近いアンテナ塔を見つけたら、そのあとはどうしてほしかったのだろう？

「で、このあとは？」レイチェルはピートに訊く。

ピートは雲の様子を見てから腕時計に眼をやる。五時。今日は一日歩きまわっていた。寒いし、ずぶ濡れだし、レイチェルに夜の沼地を歩かせたくはない。ふさわしい装備もないし、吹雪にもなりそうだ。

それにピートには別の問題もある。けさ分量を三分の二にするなどという馬鹿なまねをしたのは失敗だった。皮膚がむずむずしはじめている。眼が乾く。全身にひどく汗を掻いている。いまはまだ平気だが、いずれ耐えがたくなる。

治療《フィックス》が必要だ。

早急に。

「今日はこれでおしまいにしないか？」ピートは言う。

レイチェルは首を振る。敵のすぐそばまで来ているのだ。ここで諦めたら逆襲される。チャンスは一度きりだ。いまやるしかない。

「今日はおしまいにしないか？」ピートはもう一度言う。

「で、どうするの？」レイチェルは訊く。

「FBIに行くとか？　洗いざらい話すんだ。家を発見してもらおう」

「そんなことしたら、あたしたち刑務所行きだよ」

「ダンリーヴィ夫妻が警察に協力しないかもしれない」ピートは言う。

レイチェルはまた首を振る。「あの人たちがあたしたちを助けてくれるとしたら、それは〈チェーン〉が壊滅したと確信したときだけ」

ピートはうなずく。

「あそこにあるあれは何？　北側の川のほとりの」レイチェルはピートの双眼鏡をひったくりながら訊く。「小屋かな」

その建物をじっくりと見る。

それは一キロほど先にある。外側にぐるりとデッキをめぐらした古い大きな家だ。しかもそのアンテナ塔の出力範囲内にある。

「もっと近づいてみる価値はあるな」とピートは言う。「だけど流れをもう一本か二本、渉らなくちゃならないぞ。あれはむしろ本土側にあるんじゃないかな」

ふたりは腿までつかる冷たい流れをひとつ徒渉し、まばらな木立を抜けて、建物から数百メートルのところまで行く。

それは川の近くに建つ大きな住宅で、一部は高床になっている。その隣には荒れはてた農場の建物がふた棟あり、東の湿地に沈下しつつある。家の北側のベランダの下に車が何台か駐まっている。

レイチェルのうなじの毛が逆立つ。

この場所に漂う何かが〝大詰めだ〟と叫んでいる。

「どうしたい？」ピートが訊く。

「もう少し近づいてみよう。あのナンバープレートが見えれば……」

「這っていかなきゃならないぞ。地面にぴったりと身を伏せて。遮蔽物がそれほど密じゃないから、姿を見られる恐れがある」ピートは言う。

レイチェルはショットガンをスリングで背負い、最後の水を飲むと、ピートのあとについて建物のほうへ這っていく。

地面はじくじくと湿っており、茨《いばら》や薊《あざみ》やビーチプラムが茂みを作っている。

三十秒足らずでふたりは刺され、引っかかれ、血を流している。

雪が降りだす。

百メートルほどのところまで近づく。

角だらけの醜い建物で、異なる時代に異なる材木で不格好な建て増しを繰りかえしている。上階は最近拡張したばかりで、寝室をふた部屋、増やしたようだ。

ピートは双眼鏡を取り出して、家の下に駐められた車のナンバーを読もうとするが、はっきり読み取れない。

「レイチェル、きみは眼がいい、やってみてくれないか？」

レイチェルは車を見渡す。メルセデス一台、ピックアップトラック二台、トヨタ一台。

ぐるりとめぐらされたバルコニーに人が出てくる。

「カイリー！　嘘でしょ！」彼女はぱっと立ちあがり、家のほうへ走りだす。

「どうしたんだ？」とピートは叫び、一瞬呆然とする。

レイチェルはすでに二十メートル先にいるが、ピートは七秒で彼女をつかまえる。タックルすると、彼女は古い木の切株のすぐ手前に倒れる。

「何してるんだよ？」ピートは彼女を自分のほうへ向けながら言う。

彼女はピートの腕から逃れようと激しくもがく。「カイリーが捕まってる！　あいつらに捕まってる！　バルコニー越しにバルコニーにいるのが見えたの」レイチェルは息を弾ませて言う。

ピートは切株越しにバルコニーのほうを見あげる。誰もいない。「見まちがいだろう」

「カイリーだった！　見たんだから！」

ピートは首を振る。カイリーが捕まるはずはない。マーティが一緒にいて、安全には気をつけている。

レイチェルの呼吸が荒くなっている。

「カイリーじゃない」とピートはささやく。「証明できる。カイリーの靴に仕込んだあのGPS発信器。あれの位置を見れば、どこにいるかちゃんとわかる。絶対にここじゃない」

「じゃ、見せてよ」とレイチェルは要求する。「あれはカイリーだった」

ピートはGPSアプリをひらいて、カイリーが近くにはいないことをレイチェルに示す。

「カイリーはボストンにいる」

レイチェルはその画面を見る。たしかにカイリーの信号は、ここではなくボストンの繁華街から発信されている。「絶対あの子だと思ったんだけどな」どうなっているのだろう。

「さあ、姿を見られないうちにあの藪の陰に戻ろう」ピートは言う。

65

インスマス高校。十年生のジンジャーの進路指導の日。

「で、マーガレット、あなたは将来何をしたいの？」

「父と同じようにＦＢＩ捜査官になりたいです」

「それは立派ね。でも、だったら成績を上げなくちゃいけない科目がありますよ」

「どれですか？」

「英語はとてもいいけれど、数学と科学をもう少しがんばらないと。お兄さんが力になってくれるんじゃない？」

「ええ、兄はそういうものが大好きですから」

オリーはインン川のほとりにある祖父の大きなぼろ家で、ジンジャーの宿題を手伝ってくれる。夏は網戸と罠と虫。冬は薪ストーブと寒さと灯油ヒーター。

ダニエルはミスカトニック川流域の薄暗い場所で、双子に狩りのしかたを教える。皮をはぎ、肉を燻製にして保存する方法を教える。

ふたりに警官だった頃の話をする。戦争に行ったときの話をする。

ジンジャーとオリーは一生懸命に勉強してボストン大学にはいり、ダニエルを喜ばせる。オリーはソフトウェア工学を、ジンジャーは心理学を学ぶ。

ふたりともすばらしい成績を収めるが、ひとつだけ問題がある。学生ローンから借りなければならなかった借金の額だ。ダニエルは裕福ではなく、ふたりは貧しい。

けれども卒業すると、オリーはシリコンバレーの新興企業数社から、ジンジャーはＦＢＩとＣＩＡとＡＴＦ（アルコール・煙草・火器・爆発物取締局）から、それぞれヘッドハントされる。

ジンジャーはＦＢＩにはいる。

ＦＢＩにはジンジャーと父親に好意を寄せてくれる人々が大勢いる。**お父さんのことは残念だったな、実に残念だった……**

熱心に仕事をして出世コースに乗る。たくさんのコネを作る。**親父さんとは知り合いだったよ。すばらしい捜査官だった。よく一緒に――**

ジンジャーは夜遅くまで働く。

徐々に命令系統を這いあがる。

こんなことをしているのは自分のためなのか、祖父を喜ばせるためなのか、それとも父親を追い越すためなのか、ときどきわからなくなる。人生がこうなったのは、父親との関係の結果なのか、それへの反発なのか？

ジンジャーはクワンティコのＦＢＩアカデミーで行動分析課の授業を受ける。クワンティコにはあらゆる種類の精神科医と捜査官がそろっており、ジンジャーが望めばそういう疑問を探求する手助けをしてくれる。講師のひとりは、〝内面へと向かう道は謎に満ちている〟というドイツの詩人ノヴァーリスの言葉を引用する。ジンジャーはその言葉が気に入る。自分もいつかそんな内面の旅をして、自分はなぜこのような人間なのかという根源の理由にたどりつきたいものだと思う。だが、それは自分がひとりで行なう旅だ。精神科医になど、自分の過去や頭の中の考えを打ち明けるつもりはない。

オリーはカリフォルニアに引っ越して就職する。最初はアップルに、次はウーバーに、それから危なっかしい新興企業のいくつかに。彼はそれらの株を所有する。「どれかがあたれば、おれたちは大金持ちだ」

どれかがあたれば……オリーの勤め先はふたつ続けて倒産してしまう。

でも、だいじょうぶ。

ジンジャーが別の方法を思いつく。

大金を稼ぐ方法。大きな力を手にする方法を。

二〇一〇年代の初め頃、ジンジャーはハリスコのカルテルの噂を耳にする。

ハリスコの連中はヘロインのまったく新しい供給モデルをメキシコから北米へ持ちこんだ。従来のカルテルやギャングは、アメリカの中産階級からすればあまりに暴力的で恐ろしい存在だった。ハリスコの連中はそれを見て、顧客に正しくアプローチしさえすれば、自分たちの製品の販路として広大な未開拓の市場があることに気づいたのだ。

彼らは退役軍人病院やメタドン・クリニックや薬局の外でヘロインを無償で配り、顧客を増やした。当時、オキシコンチンの過剰処方により生み出されたアヘン剤と鎮痛剤の膨大な依存者層は、麻薬取締局がついに取り締まりを強化しはじめたために、みなパニックに陥っていた。

ブラウンタール・ヘロインはその不足をうまく補ってくれた。オキシコンチンやメタドンより効きがいいうえ、少なくとも最初は無料なのだ。しかもそれを配る連中は、少しも恐ろしげではない。売人たちは銃を持っておらず、いつもにこにこしていた。

ハリスコ・カルテルはわずか二年で百万人の常用者を獲得した。

そしてさまざまな犯罪組織体へと多様化した。

ジンジャーはついにハリスコの特捜班に配属される。そしてハリスコ・カルテルとボストン・ギャングのつながりを調査する。たれこみと潜入捜査のおかげでパトリアルカ・ファミリーは弱体化しているものの、ハリスコ・カルテルは勢力を拡大している。

調査をするうちにジンジャーはハリスコの人質制度を知る。金を返せない連中が拉致され、家族が借金を返済するまで解放されないというものだ。ただしそこにはひとつ、人間的な要素がある。拉致された人物に代わって、家族の別のメンバーが人質になることが許されるのだ。

ハリスコ・カルテルの人質モデルはもっぱら最小限の暴力によって維持されるが、ジンジャーはそれを自分の目的に合ったものに改良できないだろうかと考える。

そして、子供の頃にチェーン・レターが実にうまく機能したことを思い出す。

それについてオリーと話し合う。

プログラミングの天才の兄の力を借りて、二〇一三年にボストンで〈チェーン〉が誕生する。

だが、すぐに成功を収めたわけではない。初期段階につきもののトラブルがいくつか起こる。やたらと血が流れる。

汚れ仕事から距離を置く必要上、ふたりは金に飢えたハリスコとティファアナの殺し屋どもを使う。そいつらは雇い主が何者なのか知らない。すべての背後にいる謎の女は、〝赤《ムヘ》い女《ル・ロハ》〟ないし〝赤い死《ムエルテ・ロハ》〟と呼ばれ、カルテルの大物の妻だと噂される。死の聖母ヌエストラ・セニョーラ・デ・ラ・サンタ・ムエルテを信奉するヤンキーだと言われる。

ハリスコとティファアナの殺し屋どもはすぐに銃をぶっ放す。合衆国内での仕事には繊細さが求められることをまるで理解しない。当初は殺しがいささか多すぎて、全体が崩壊しそうになる。

ジンジャーはメキシコ人の殺し屋どもをお払い箱にして、弱体化したニューイングランドのパトリアルカ・ファミリーにいる自分の情報提供者を利用する。そいつらはアメリカ式の死というものを理解している。この手のビジネスを何十年もやってきたのだ。

やがて〈チェーン〉はきちんと油を差された機械のように稼働しはじめる。

いろいろなことが落ちついてくる。

パトリアルカのごろつきどもは用済みになり、〈チェーン〉は自動制御で動くようになる。

ジンジャーは手紙を発送する。

電話をかける。

殺しを命じる。

それは百万ドルの恐喝と誘拐とテロの犯罪ビジネスに成長し、オリーとジンジャーによって運営される家業となる。

「誘拐のウーバーみたいなもんだな」とオリーは言う。「客が仕事のほとんどを自分でやってくれるんだから」

新規株主を募集したら、数千万ドルになるかもしれないぞ、と彼は言う。

だが、いまのままでもふたりは充分に裕福だ。

学生ローンを完済する。リッチになる。

スイスとケイマン諸島に銀行口座を開設する。

いまや〈チェーン〉はみごとに稼働しており、故障知らずだ。

オリーは〈チェーン〉の脆弱性を洗い出すために、悪意ある攻撃者を想定するレッド・チーム故障分析を何度か行ない、トラブルに発展する恐れのある領域は考えうるかぎり三つしかないことを知る。

ひとつは、しばしば怠惰になるジンジャーのスパイ技術だ。〈チェーン〉の新たなステージにはかならず、新たなウィッカー・アドレスと、新たな使い捨て携帯と、新たなビットコイン・アカウントを使え。彼はジンジャーにいつもそう言っている。ところがジンジャーはそれを守らないことが多い。面倒だからと、月に一度くらいしかアドレスとアカウントを変更しない。

それにジンジャーには、〈チェーン〉の匿名電話は仕事中と、バック・ベイの自宅にいるときと、イン川縁のダニエルの家にいるときには絶対にかけるなとも言ってある。ジンジャーはそうすると約束はするものの、FBIの仕事と、博士号のための研究と、きわめて高度な犯罪ビジネスの三つを同時にこなすのは難しい。だがまあ、〈チェーン〉とのあいだは何層もの暗号化によって隔てられている。暗号化と、ファラデー・ケージと、冗長化とで……

ふたつめの大きな懸念は、ジンジャーが〈チェーン〉を私的な報復に用いることだ。オリーの知るかぎり、ジンジャーは三度それをやっている。理想的には、ビジネスと私事をごっちゃにするべきではないが、人間である以上その境界はどうしても曖昧になる。システムの境界を定めるために即席でルールをこしらえても、それはそのシステムの考案者にはどうしても一時的な仮のルールに思えるものだ。

この私的報復は三つめの懸念領域ともつながっている。それはジンジャーの性生活だ。オリーは人間関係において自分が少々風変わりだということを認識している。真剣にガールフレンドとつきあったことも、本気で誰かに恋愛感情を抱いたこともない。内向的な人間であり、パーティも肉体的な触れ合いも好きではない。幼い頃、本当にヒッピーどもに脳の働きをめちゃめちゃにされたのかもしれない。

しかしジンジャーは世間としっかり関わりを持っている。双子の心理を研究するうえで自分たちは格好の材料になるだろう。ジンジャーは高校時代にも大学時代にもつねに誰かボーイフレンドがいたし、FBIにはいってからも十指にあまる男たちとつきあっている。そのうちのふたりは既婚者だった。

セックスは重要だ。それはオリーも頭ではわかっている。セックスがジョーカーとなって哺乳類のDNAを絶えず変化させ、種を抹殺しようとするすべてのウィルスと病原菌の一歩先を行かせるのだ。オリーはそれを科学と数学で理解している。だが、それでもセックスは予測不能のカードであり、愛は――まずいことに――もっと予測不能のカードだ。

権力は腐敗するし、絶対権力は絶対に腐敗する。セックスに権力を加えたら、まあ、ジンジャーが〈チェーン〉でときおりやっているようなものができあがる。彼女がＦＢＩのデータベースの情報を〈チェーン〉とは無関係な目的に利用しているのを、オリーは何度か見つけている。ほかにもオリーの知らないできごとがあるのではないか。

それはまずい。

これ以上やらせないようにしなくてはならない。

オリーはエリック・ロンロットの手帳を手にして祖父の書斎に座っている。暖炉には火が燃えており、窓の外には雪が舞っているのが見える。

手帳を注意深く検める。大半は前の手帳を清書したものだ。あるいは前の前の手帳を。エリックはかなり前からこれをつけていたのだ。オリーは何者かが〈チェーン〉を探っていることに気づいており、それはエリックだろうと目星をつけていた。エリックは無害な人間にしては尾行をまきすぎていたし、多数の検索履歴や分析が、もとをたどるとＭＩＴのコンピューターに帰着した。

エリックのラップトップと携帯は見つからなかったが、手帳は本人が身につけていた。テキストの大半はわざわざ暗号で記してあった。それはオリーには大した問題ではない。人間が考え出した暗号に破れないものなどない。そのうえ憐れなエリックは、人生最後の数週間はすっかり興奮してしまい、書きこみを注意深く暗号化するどころか、たんにロシア語やヘブライ語で記したりしている。そんなもので何かを隠せるわけもない。勘ちがいもはなはだしい。

そういう最後の書きこみを見ても、オリーはいっこうに動じない。エリックの調査はあまり進んでいない。容疑者もいないし、ハリスコの連中のことにも気づいていないし、推理もまとまっていない。

最後のいくつかは、単語と名前をばらばらにならべてあるにすぎない。

アプリケーションを作っていることをうかがわせる記述があるが、そのアプリがどんな働きをするのかは皆目わからない。

いちばん最後の書きこみは明らかにごく最近書かれたものだ——たぶん数日前だろう。

ひと言こう記されている——רחל
それは〝牝羊〟という意味のヘブライ語の単語。

英語では〝レイチェル〟と発音される単語だ。

オリーは溜息をついて窓の外を見る。

ジンジャーの新しいボーイフレンドには、たしかレイチェルという名前の元妻がいたよな？

このささやかな家族の集まりは、当初思ったよりもはるかに興味深いものになりそうだ。

オリーは携帯を手に取って妹にメールを送る。〝ジンジャー、すまないが、話があるから手が空《あ》いたらちょっと来てくれないか？〟

66

レイチェルはカイリーに電話をかけてみるが、つながらない。

「通じない。でも、よかった、無事で」

だが、ピートは不安げな顔をしている。「くそ。無事じゃないかもな」

「どういうこと?」

「GPS追跡アプリのタイムスタンプを見てくれ」

「何これ。ボストンのアディダス・ストアに九時間もいる!」とレイチェルは言う。「わかった。新しい靴を買って、古いほうを捨てたんだ。GPSのことを忘れて」

「真っ昼間にショッピングモールから拉致されるなんて。そんなばかな」ピートは言う。

レイチェルは呆然とする。

自分の世界が足元から崩れる。

またしても。

しかもこんどは百パーセント自分のせいだ。警告されていたのに。放っておけと言われていたのに、こんな愚かしい計画を強引に進めてしまったのだから。

胃がむかむかする。

めまい。

吐き気。

空嘔《からえずき》。

そしていつもの考え。**ばか、ばか、ばか。どうして死ねるときにさっさと死んでいなかったの？　そうすればみんな安らかに暮らしていたはずなのに。**

罪のない、かわいいかわいい娘をさらわれてしまった。

あたしのせいで。

ばか、ばか、ばか、ばか、ばか！

ばかはもうたくさん。

ショットガンを肩からはずす。バルコニーの下の裏口から中へはいろう。必要なら銃で鍵を吹っ飛ばして、中にいるやつらを皆殺しにしてでも、カイリーを助け出そう。

顔から雪を払いのけると、レイチェルは家のほうへ歩きだす。

「どこ行くんだ？」ピートが訊く。

「助けにいく」

「中に何があるのかも、誰がいるのかもわからないんだぞ」ピートは言う。

「かまわない。あなたはここにいて、あたしは行くから」レイチェルは言う。

ピートは彼女の腕をつかむ。「いや。おれも行く。ここで二分待っててくれ、おれが先に行って偵察する」

「一緒に行く」

ピートは首を振る。「おれは専門家だ。海兵隊の偵察課程を受講してる。こういうことはそれこそ何度もやってるんだ」

「一緒に行く」

「二分だけここにいてくれ、頼む。先におれにチェックさせてくれ」

「二分だけ？」

「二分だけだ。バルコニーの下から合図する。待っててくれ」

今日のことはすべて自分ひとりでやるべきだったのだ。癌患者を連れてくるなんて、おまえは何を考えていたんだ？

そう思いながら、ピートは家の下にあるカーポートを目指してひらけた地面を這っていく。カーポートには五台の車が駐まっている。白のメルセデス、赤のマスタング、二台のピックアップトラック、それにトヨタ・カローラ。つまり、人が大勢いるということだ。身を低くして車の横を通りすぎると、保安灯がぱっと点灯する。ピートはぴたりと動きを止めるが、誰も様子を見に出てこないので、ふたたびそろそろと動きだす。カーポートの隣には乗り入れ式の車庫があり、車庫の隣にはどうやら正面玄関と、下階のリビングルームの大きな窓があるようだ。さすがにその前を横切るわけにはいかないので、もと来たほうへ戻る。車庫の横のドアを押してみる。施錠されている。けれども車庫そのものの扉はきちんと閉まりきっていない。扉の底辺と地面のあいだに一センチばかり隙間がある。腹這いになり、扉の下に手を差しこむ。この隙間がアルミのゆがみにすぎなければ、なんの助けにもならないが、ねじりバネの破損であれば……

両手を差しこんで持ちあげてみると、扉は徐々に上がりはじめる。

これで中にはいれる。海兵隊の市街戦スタイルだ。侵入し、部屋の敵を排除したら、次の部屋へ移動する。そうやって一階ずつ片付けていき、ついにその家を確保する。敵対者の数は不明だが、こちらには奇襲という強みがある。

ピートは立ちあがり、ちょっとよろける。

まずい。

めまいがする。

皮膚がちりちりする。

クスリ切れだ。

けさ余計なまねをしたせいだ。**急にクスリの分量を変えようとしちゃだめなんだ、そんなことはわかっていたはずだぞ。**

じきに無数の蟻が手脚を這いあがってきて口にはいり、喉をくだり……

やめろ！　とピートは自分に命じる。**いますぐやめろ！**

ヒーローを演じたがる傲慢。このありさまではレイチェルが偵察をするほうがまだましだ。**戻ろう。**そう思って向きを変えたところで、ショットガンを持った男にぶつかる。

「やっぱりな、物音が聞こえたと思ったんだ」男は言う。

ピートはどう対処しようか考えるが、考える前に動いていているべきなのだ。男の頭に懐中電灯をたたきつける。膝を蹴りつける。顔面に銃床をたたきこむ。それで一丁あがり。だが、実際には何もしていない。手遅れだ。それは歳を取りすぎたからでも、体が憶えていないからでもない。ヘロインやオキシコンチンなど、手にはいるありとあらゆるアヘン剤で自分の体を損なってきたからだ。

こんどはピートがレイチェルと同じことを考える。**ばか、ばか、ばか、ばか。**ばかで、意気地なしめ。見張りの男は一歩後ろに下がって、ショットガンをピートの顔に向ける。

「懐中電灯と銃を捨てろ」

ピートは懐中電灯と九ミリを地面に落とす。

「次は二本指でその四五口径をベルトから抜いて、それも地面に放れ」

ピートは大切な四五口径ＡＣＰを抜き、積もりだした足元の雪の中に落とす。裸になったような気がする。その銃は海軍にいた祖父のものだった。それを祖父はかつて怒りにまかせて撃ったことがある――オキナワ戦で乗艦に突っこんでくる特攻機《カミカゼ》めがけて。イラクとアフガニスタンではピートの幸運のお守りだった。

「くそ」ピートは言う。

「そうとも、おまえはくそにはまってる。ダニエルは敷地にはいりこんでくるやつを容赦しないからな。〝容赦しない〟ってのは、地元警察に突き出すってことじゃないぞ。両手を頭にあてろ」

ピートは言われたとおりにする。「誤解だよ。道に迷ったんだ」と弁解しはじめるが、男に黙らされる。

「ダニエルがなんと言うか聞いてみようじゃないか。今日は彼のところに孫たちが来てるからな。あんまりうれしがるとは思えないが。膝をつけ。手は頭の後ろにあてておけよ」

男に背中を蹴られてピートは倒れる。

土。砂利。雪。

心が千々に乱れる。考えようとするが、何も思い浮かばない。

「ようし、そのままじっとしてろよ、動くんじゃないぞ、ドアベルを鳴らしてみんなを呼ぶからな」

67

ジンジャーはすっかり自分に満足しながら改装された大きな主寝室にはいる。〈チェーン〉はエリック・ロンロットの脅威を排除したし、新しいボーイフレンドはダニエルとすっかり意気投合している。ダニエル同様レッドソックスの大ファンで、テッド・ウィリアムズ、カール・ヤストレムスキー、ロジャー・クレメンスといった名前を挙げることもできる。自分のしゃべっていることに充分な知識を持っているのだ。おかげでダニエルから、よければおれのことはレッドと呼んでくれと言われた。めったにない栄誉だ。

彼をここへ連れてくるのは、大きな決断だった。ボーイフレンドなら誰でも連れてきて祖父と兄に会わせるわけではない。マーティ・オニールは特別だ。茶目っ気があるし、頭もいい。ハーヴァード大学に、ハーヴァードのロー・スクール。言うことなしだ。おまけにすごくハンサムでもある。黒い髪と緑の眼をしたアイルランド系が好きならだが。ジンジャーは好きだ。

たしかにマーティには娘がいる。十三歳の、いくぶん鬱陶《うっとう》しい娘だが、でもその十三歳は、最近の試練で鼻っ柱をへし折られているようだし、父親ばかりでなく、父親の新しい妙齢のガールフレンドのこともたいそう尊敬している。かっこいい仕事をしていて、超クールなヒップスターの雰囲気を漂わせてもいるのだから。

ジンジャーがマーティと出会ったのは〈チェーン〉を通じてひそかに彼を尾けまわしていたからだと知ったら、オリーはまちがいなく激怒するだろうが、厳密にはマーティは被害者でもなんでもない。別れた妻にずっと蚊帳《かや》の外に置かれていたのだから。それにジンジャーがマーティのフェイスブックに出くわしたのは、その元妻を調査しているさいの、どちらかと言えば偶然だ。

どちらかと言えば。

それはまあ、マーティの前のガールフレンドのタミーを〈チェーン〉に追っ払わせはしたが、でも、それ以上のことはしていない。

今回は。

ジンジャーがささやかなアバンチュールのために〈チェーン〉の内部情報をいったい何度利用したか、それをオリーが知ったら、まちがいなく引きつけを起こすだろう。でも、せっかくこんな権力を持っているのに利用しないのでは、宝の持ち腐れだ。ときどきならかまわないはずだ。利用しないなんて、どうかしている。

そもそも〈チェーン〉はあたしが創案したのだ。あたしのものだ。新規株主を募集するだの、インターネットで何百万も稼ぐだのというのは、オリーのおしゃべりにすぎない。〈チェーン〉があればこそ、オリーはサンフランシスコの家を、あたしはボストンの家とニューヨークの五番街のアパートメントを手に入れられたのだ。〈チェーン〉はあたしの思いつき。

だからマーティ・オニールと遊びたければ、遊んでかまわないのだ。マーティはハンサムで、ウィットがあり、つきあっていて面白い。オリーが心配する必要はない。あたしがちゃんと掌握している。あたしは蜘蛛なのだ。うるさい蠅はもちろんあの元妻だ。いまごろウィッカーで連絡してくる厚かましさ。〈チェーン〉を卒業した連中は絶対に連絡などしてこない。普通はみな感謝している。感謝しておびえている。あの女は消したほうがいいかもしれない。電話を一本かけるかメッセージをひとつ送るだけですむ。〝子供を無事に返してほしければ、もうひとつやってほしいことがある。マサチューセッツ州のプラム島に住むレイチェル・クライン・オニールという女——そいつを週末までに始末しろ。死体は絶対に発見されてはならない〟

レイチェルはいつでも退場させられる。

「子供たちは喜んでるみたいだ。カイリーがいまデッキに出ていたよ」マーティがそう言いながら寝室にはいってきて、背後からジンジャーのうなじにキスをする。

ジンジャーが振りかえると、マーティは彼女に腕をまわす。「ここはカイリーにすごくいいな。ぼくはティーンエイジャーのことが世界一よくわかる男じゃないけど、あの子はこの何週間か、ほんとにつらい思いをしたみたいだから」

「そうね、あたしもレイチェルにうちのセラピストをひとり、ほんとに紹介してあげたの」

「まあ、レイチェルのほうもずっと頭がお留守だったけどな、想像はつくと思うけど」マーティは言う。

ジンジャーの携帯がメールの着信を知らせる。

「どうしたんだ?」兄からのメールを読む彼女に、マーティが訊く。

「なんでもない。オリーから。夕食のことじゃないかな。きっとまたおじいちゃんが、バーベキューで家を全焼させようとしてるんだと思う。ちょっと待っててね、すぐに戻るから」

ジンジャーは二階の広い廊下を歩いていって祖父の書斎にはいり、ドアを閉めて腰をおろす。オリーはときどき見せるあの偉そうな表情を浮かべている。こんな表情を見せられたらどんな聖人だってむかつくだろう。

「で? なんの用?」ジンジャーは訊く。

「おまえ、また〈チェーン〉を私用に使ってるだろ?」

「いいえ」

「いや、使ってる」

「全部あたしたちのためよ」

「なんの話かはわかってるだろ。おまえはまた余計なまねをしてる。ノア・リップマンのときみたいに」

「してない」

「あのローラなんとかという女にのぼせあがったときもそうだ。ローラはおまえを拒絶するという致命的過ちを犯してから三カ月後に、ふっつりと消息を断った。おまえは三カ月じっくりと待ってから、〈チェーン〉を差し向けたんだ。実に抜け目がない」

「ノアはまだ生きてる」

「かろうじてな。〈チェーン〉を個人的な復讐に使っちゃだめなんだ、ジンジャー――それはもう話し合っただろ」

「使ってない」

「ハンサムな若い男を引っかけるのにもか?」

ジンジャーはうめく。ばれているのだ。「この街で人が出会うのがどれほど難しいか知ってる?」と不服を唱える。

「難しくなんかないさ。デート・アプリがいくらでもあるだろ」

「〈チェーン〉と接触する男は誰であれ、たとえ周縁にいても、無視しなきゃいけないわけ？」

「そうだ！　規則は知ってるだろ」

「その規則は誰が作ったの？　〈チェーン〉は誰が発明したの？」

「これは保安上の問題だぞ」

「全部あたしが作りあげたのよ。あんたじゃない。あたし。だからあたしの好きにしてかまわないの」

オリーは眼を閉じて溜息をつく。どんなにすばらしいものでも、いつかはかならず終わりが訪れる。これほど長く続いたのがむしろ驚きなのだ。〈チェーン〉はおそらく三年ほどしか保《も》たずに崩壊するだろう、モデルはみなそう告げていた。これほど大勢の人間を脅しておけるのは、せいぜいそのぐらいなのだ。巻きこまれる人間の数はほぼ等比級数的に増加するが、いかなる陰謀も等比級数的な増加には耐えられない。それは膨張と慎重さという相反するものを抱えこむ、確率上の典型的ファスト・スロー・システムであり、限界点が来れば劇的に崩壊する。

数カ月前から伸ばしているがあまり成功していない山羊鬚《やぎひげ》を、オリーはなでる。「〈チェーン〉はとうの昔に用済みにしておくべきだったんだ」とつぶやく。「生かしておいたってしょうがないだろ、金はもう充分に稼いだんだから」

「どうして？　あたしの生み出したものだから、妬んでるだけでしょ」

「一生暮らせるだけの金を稼ぐのが〈チェーン〉の目的じゃなかったか？　それはもう達成しただろ」

「そんなものが目的？」ジンジャーは鼻で嗤《わら》う。

オリーは顔を強張らせて首を振る。

「わかってないな」とジンジャーは言う。オリーに牧草畑の上空を舞うハヤブサのことなどわかりっこない。真の捕食者ではないのだから。自分のような真の捕食者は、ときに空腹でなくとも殺しをするのだ。「あたしたち、世界と戦うんじゃなかった？　忘れたの？」

オリーの表情がますます強張る。

「まあ、いいけど。何があったの？」ジンジャーは尋ねる。

「あの手帳と関係がある」オリーは言う。

「あれを解読したわけね？」

「いや、まだだ」

「じゃ、何よ？」

「あのクレイジーなエリックも、最後のほうは全部暗号で書いてたわけじゃない」

「だから？」

「おまえの新しいボーイフレンドの元妻、名前はなんていったっけ？」

「まさか……」

「先週あたりのことだが、エリックはレイチェルという名前の女と会ったらしい」

「くそ、くそ、くそ」

「もう白状しろよ」

こんどはジンジャーが溜息をつく。「自分のどこが問題かわかる、オリー？　あんたは血も涙もない。《スター・トレック》のスポックみたい。誰かに診てもらうべきだよ。普通じゃない」

「深刻な事態なんだぞ。非常用バッグと偽のパスポートをつかんで、海外へ高飛びするような」

「スイスの口座にいくらある？」

「たっぷりある」オリーは銃器戸棚の前へ行って鍵をあけ、扉をひらく。「ぼくらが負けることがあるとすれば、それはおまえがビジネスに私情を持ちこむせいだろうと、前々から思ってたんだ」

ジンジャーはにっこりする。「あら、オリー、最後はみんなそうやって負けるのよ。知らなかった？　生物学には抗えないの」

「努力してみろよ」オリヴァーは言う。

68

主寝室ではマーティが一枚ガラスの窓から、かなたのじめじめした低木の森と屋敷とのあいだにあるオークの切株を見ている。川と、生きている木々と、枯死したそのオークとに、大粒の粉雪がしんしんと降っている。まるでロバート・フロストの詩じゃないか。

いやはや、すばらしいところだ。ジンジャーは控えめに売りこんでいたのだ。ここは沼地の真ん中のおんぼろ小屋ではない。ちょっとした大農場だ。美しい母屋。壁の美術品。高価な品々。ダニエル老人は金持ちにちがいない。しかも宣伝どおりの変わり者ときた。

子供たちはここを楽しんでいるし、ジンジャーは見せびらかすのを楽しんでいる。ジンジャーはいい女だ。レイチェルは失敗だった。おたがいにまだ若かったのだ。《ハーヴァード・クリムゾン》紙でレイチェルの才気あふれるブックレビューを読んで彼女に恋をしたんだ——みんなにはそう言っていたが、そんなのは嘘だ。実際は肉体的なものだった。共通の話題すらろくになかったのだから。

三十を過ぎると人間というのは分別がついてくる。タミーはただの遊びだったが、ジンジャーはちがう。特別だ。ジンジャーとなら身を落ちつけられる。ボストンに住める。子供をもうふたり——

「ちょうどきみのことを考えてたんだ」とマーティは言う。ジンジャーがハンドバッグを持って部屋に戻ってきたのだ。

胸のあいだに赤毛がひと房、くるりと垂れている。

ベッドに押し倒して犯したいという衝動に襲われる。

「なあ、ジンジャー、このドアには鍵をかけられる？　ほら、子供たちが歩きまわってるからさ——」とマーティは言いはじめるが、視野の隅で何かが彼の眼をとらえる。

向きなおってそれを見る。

「なんだあれ？」とジンジャーに言う。

「え？」

「あの木の陰から誰かがこの家へ向かってくるんじゃないか？」

「どこ？」

「雪のむこうから誰かが近づいてくるのが見えたと思ったんだ。うん、ほら……おい、嘘だろ！　きみは信じないだろうけど、あれは、あれはぼくの……別れた妻だ」マーティは言う。

ジンジャーはハンドバッグからスミス&ウェッソンの三八口径を取り出して、マーティの頭に向ける。

「信じるわよ」

69

レイチェルはショットガンを肩にあてて見張りの男に狙いをつける。

「そこを動かないで」彼女は言う。

男はさっと振りかえる。「おいおい、無茶するなよ、おばさん。そんなもので何をしようとしてるのか、自分でわかってるとは思えないな」

「これで体を半分吹っ飛ばされたら、そうは思わなくなるよ」レイチェルは言いかえす。

ピートは自分の四五口径を拾いあげる。「ショットガンを捨てろ」と男に言う。

男は銃を地面に置き、両手をあげる。

ピートはその銃を遠くに蹴りながら、「地面にうつぶせになれ」と男に命じ、男は言われたとおりにする。

「おれを痛めつける必要はないぞ。車庫にダクトテープとロープがある。車庫の扉のリモコンはコートのポケットにはいってる」見張りの男はあわてて言う。

「武器を持ってるやつは家の中に何人いる?」ピートは訊く。

「おれしか——」

「全員動くな！」と誰かが叫び、一発の銃声が轟く。

投光照明がぱっとつく。玄関ポーチにジンジャーが、同い歳ぐらいの男と一緒に立っている。双子の兄だろう、とレイチェルは思う。どちらも拳銃を手にしている。

「レイチェル、あなたなの？　どうしたの？」ジンジャーはとぼけて訊く。

ジンジャー？　いったいどういうこと？　レイチェルの脳裡を疑問が駆けぬける。エリックの追跡アプリとカイリーの靴のGPS発信器が、なぜか混信してしまったのだろうか？　カイリーはやっぱり新しい靴にGPSタイルを移したのだろうか？　このばかげた沼地の追跡自体が、とんでもない勘ちがいだったのだろうか？

ああもう、きっとそうだ。勘ちがいだったのなら、カイリーは無事だ。そうだ！　誰かが怪我をする前に事情を説明しないと。

「ごめんなさい、ジンジャー。さぞ異様に見えるでしょうね。いまこちらの彼に話そうとしてたんだけど——」

ガレージの扉があき、痩せた白髪の老人がサブマシンガンのようなものを抱えて現われる。「おれの地所で何をしてやがる」と鋭く尋ねる。

「じいちゃん、もうとっ捕まえたよ！」ジンジャーの兄が言う。

「オリーの言うとおりよ、レッド、もうだいじょうぶ」とジンジャーが言う。「レイチェル、とにかく銃を捨ててちょうだい。あなたも、あなたのお友達も」
「みんな、お願いだから聞いて。あたしたち、とんでもない勘ちがいをしてたみたい。ごめんなさい。カイリーのスニーカーにGPS発信器を入れておいたものだから。カイリーが誘拐されたと思いこんじゃったの」

「銃を捨てて、お願い、レイチェル。なんだってカイリーが誘拐されたと思っちゃったの?」ジンジャーは訊く。

「いろいろとあってね」レイチェルは答える。

ジンジャーは玄関ドアの上についた投光照明の下に立っており、レイチェルには彼女の顔が見える。

初めてジンジャーの顔をはっきりと見る。

その銅《あかがね》色の髪。青い瞳。青いきれいな瞳。冷たい青。深淵の底のひんやりとした青。この場全体を冷ややかな軽蔑とともにながめている青い眼。

ジンジャーは楽しんでいるようですらある。

そのときジンジャーの眼がレイチェルの眼をとらえ、ふたりはたがいを一生にも思えるほどのあいだ、じっと見つめあう。

実際にはせいぜい一秒ぐらいだが、それで充分だ。

ふたりはたがいに気づく。

あんたね。

おまえか。

レイチェルはジンジャーが気づいたのに気づき、ジンジャーもレイチェルが気づいたのに気づく。

エリックのアプリがまちがえたわけではないのだ。

レイチェルは〈チェーン〉に導かれてここへ来たのであり、ジンジャーは誰もここから生きて帰すつもりはないのだ。秘密を知られた以上は、それを守るために全員を殺すつもりだろう。レイチェルも、ピートも、マーティも、スチュアートも、カイリーも。

さっきまでレイチェルは、武器を捨てて手をあげるべきだとピートに伝えようとしていた。でもそんなことをしたら、この場でジンジャーに殺される。

レイチェルはピートのほうを向く。玄関ポーチの投光照明を見あげる。ピートも彼女の視線を追う。

「ジンジャーが〈チェーン〉だった。あたしたちを殺すつもり」レイチェルは言う。

ピートはうなずく。

双子は低い壁のむこうにいる。撃つのは難しい。そこでピートは四五口径を上に向けて、ライトを撃ちぬく。

70

たちまち訪れる闇と混乱。怒声と黄色い炎の弧。車庫からダニエルがサブマシンガンを連射しはじめたのだ。

「伏せろ！」とピートは叫ぶ。

レイチェルは地面に身を投げる。

銃口から吐き出される曳光弾が、十分の七秒前までレイチェルのいた空間を貫く。弾ははずれ、長軸を軸に回転を続けながら数百メートルかなたの闇へ消えていく。

それからすべての銃がいっせいに火を噴く。三八口径、九ミリ、それにあのでかいサブマシンガンもまた。複数の角度からの銃火が、レイチェルの頭上一メートル半のところで交差する。

レイチェルは雪に顔を埋めて悲鳴をあげる。

こんなことはどうでもいい。銃も、銃火も、甘ったるい火薬のにおいも。大切なのはカイリーだ。カイリーは家の中のどこかにいる。連れにいこう。

ピートは頭の中で十まで数えている。十秒間オートマチックで撃てば、車庫のサブマシンガンの弾倉は空《から》になる。

十秒後、顔を上げる。ポーチから撃っていたふたりはいつのまにか屋内に戻っている。老人は弾を撃ちつくして、弾倉を交換している。

ピートは老人に考える暇をあたえまいとして車庫に三発撃ちこむと、すばやく新たな射撃位置へ移動する。撃っては移動し、撃っては移動する。これが遮蔽物に乏しい銃撃戦で生き延びる秘訣だし、この距離なら大型のACP弾が肩に命中するだけで相手は倒れる。気絶することさえある。

右手の雪の中へ転がり、藪の陰へ這いこんでふたたび撃つ。全身がヘロインを求めて疼《うず》いているが、ピートはその欲求とも敵とも戦う。「レイチェル？　だいじょうぶか？」

返事はない。

何か計画を考えなくては。ずさんな計画を即座に実行するほうが、みごとな計画を一時間後に実行するよりましだ。歩兵訓練ではそう教わった。そのとおりだ。外にいたらいずれ死ぬことになる。中にはいらなくては。

発砲が始まってからすでに十五秒ほどたっている。

行くぞ、とピートは思う。

「そうあわてんなよ」と何者かがピートの手をつかむ。ピートは顔に飛んでくる拳《こぶし》をかわし、脇腹に繰り出されるナイフをブロックする。

最初にピートを見つけた見張りの男だ。そんなやつのことはすっかり忘れていた。

男は銃を持つピートの手をつかんだまま、大型のハンティングナイフでピートを殺そうと、顔を切りつけてくる。ピートはさっと顔をそむけ、ナイフが左の頰をかすめる。闇を思いきり蹴りつけると、柔らかい組織にめりこむ。手をもぎ離して一発撃つ。

どすっという胸の悪くなるような鈍い音がして、あとは静かになる。

「ピート?」横で声がする。

「レイチェル?」

「中へはいるよ」と彼女はささやく。「車庫から。ルートはそこしかない」

「計画は?」

「中へはいって、子供たちを助け出して、カイリーとマーティとスチュアート以外は皆殺しにする」

「うん、いいんじゃないかな」

71

ふたりは車庫にはいる。サブマシンガンを持った老人はいなくなっているが、可燃物に火がついて、一ダースほどのペンキ缶の横で箱がいくつも激しく燃えあがっている。ここでぐずぐずしてはいられない。

「母屋にはいるドアがある」とレイチェルは言う。準備はできている。このときのために、知らず知らずのうちにずっと訓練を積んできたのだから。放射線治療も、薬物療法も、グアテマラでのあのつらい日々も、食堂での長い勤務時間も、ウーバーの運転手としての深夜のローガン空港行きも。みんなこのための準備だったのだ。覚悟はできている。要は家族のためだよね？　全部家族のためだよね。グリズリーの親子のあいだに割ってはいってはいけないことぐらい、どんなばかでも知っている。

ピートはコートのポケットから閃光音響手榴弾を一本引っぱり出す。「おれがドアをあけてこいつを投げこむ。眼を閉じて耳をふさいでるんだ」そうレイチェルにささやくと、ドアをあけて手榴弾を放りこむ。一秒後、それは爆発して耳を聾《ろう》する轟音と白い閃光を発する。近距離で敵を呆然とさせるための、基本的には無害な武器だ。子供たちを傷つけることはないが、来ることを予期していないと死ぬほどびびる。

「ここで待っててくれ」とピートは言い、ドアをくぐる。

多数の煙探知器が鳴りだす。家は古いが改装されており、その改装の一環としてスプリンクラーが、孫たちの収集した美術品を守るために設置されている。スプリンクラーが設置された家などレイチェルは初めてだから、冷たい水が降りそそいできてぎょっとする。何が起きているのかさっぱりわからない。

ピートが戸口から顔を出す。「誰もいない。行こう。そのペンキ缶がじきに破裂しはじめる」

「どっちへ?」レイチェルは咳きこみながら訊く。

ピートにはなんの考えもない。「ひと部屋ずつシラミつぶしにする。おれの後ろを離れるな。おれの見えない場所をチェックしてくれ」

ピートは先に立って進むが、自分があとどのくらい保《も》つのか不安になる。息が苦しくなってきた。アドレナリンのおかげで倒れるのは免れているが、いつまでもそうはいかない。**がんばれよ、**と自分に言い聞かせる。**カイリーを助け出すまでの辛抱だ。**

家は無計画に建て増しを繰りかえした結果、もはや部屋と廊下とアルコーブの迷路と化している。

廊下。

部屋。

ドアを蹴破り、明かりを見つけ、敵が撃ってくるのを待つ。

大型のテレビ、ソファ、しとめた動物の頭や角《つの》。

次の部屋。

ダイニングテーブル、椅子、美術品。

遠くで悲鳴がする。

「カイリー！」レイチェルが呼ぶ。

返事はない。

廊下に戻る。

次のドアを蹴りあけて、キッチンの隅々に銃を振り向ける。「カイリー！　スチュアート！」とピートは叫ぶ。

応答なし。

家の明かりが明滅し、燃える車庫の煙が一階全体に充満してくる。スプリンクラーからはまだ水がしたたり、足元に溜まっている。いがらっぽく、つんとした、太古のにおい。

一階の寝室でカイリーのコートが見つかるが、カイリーはいない。

家じゅうの明かりが消え、こんどは黄ばんだ薄暗いランタンのような光がともる。

その寝室にはもうひとつ部屋がつながっている。

ピートはそのドアをそっとあけて中をのぞく。

誰もいない。だが、外の廊下から足音が聞こえてくる。レイチェルはドアを指さして唇に指をあてる。ピートは残りの閃光音響手榴弾をポケットから取り出すと、寝室のドアをぱっとあけ、廊下へ手榴弾を放る。

すさまじい爆発音と白い閃光に続いて、マシンガンの連射。銃声がやむのを待ってから、滑らかなすばやい動作でレイチェルとともに廊下へ出て、ピートは右へ、レイチェルは左へまわりこむ。

するとレイチェルの前方の、廊下のはずれで、男がサブマシンガンを再装塡している。双子の片割れではない。さっきの老人だ。白くなった髪。脚を広げた力強い、自信に満ちた姿勢。ジンジャーの兄が〝じいちゃん〟と呼び、ジンジャーが〝レッド〟と呼んでいた男。

レイチェルはショットガンの銃口を上げる。

射撃場で教えられたことを思い出す。標的が近くまで来るか、もしくは逃げるのを待て。でも、この老人は走ってもこないし、逃げてもいかない。長い廊下のはずれにじっと立っている。

老人は再装塡を終える。レイチェルを見ると、黒くて長い銃をかまえる。

レイチェルは引金を引く。

狙いははずれる。

彼女の右側の壁が炎を噴き出す。反動で肩に衝撃が伝わる。老人は声をあげ、銃を取り落として、かたわらの部屋へ転げこむ。ピートは振りかえり、レイチェルが無事なのを確かめると、老人のあとを追うが、老人はもういない。

ピートは落ちていたMP5サブマシンガンを拾いあげる。接近戦には最適の銃だ。薬室を空《から》にし、肩にかける。

「あたし、弾薬《たま》切れみたい」レイチェルは言う。ピートが九ミリを渡してくれ、彼女はショットガンを置く。立派に役目を果たしてくれた。

家じゅうの明かりがついに消え、消えたままになる。

真っ暗に近い。

闇。煙。床に溜まる水。

アイフォンのライトを頼りに進むしかない。

間仕切りのない広々としたリビングルームにたどりつく。壁には狩猟の獲物の首が何十も飾られている。それも土地の動物ばかりではない——アンテロープ、チーター、ライオン、豹。食うものと食われるものが仲よくならんでいる。

恐怖がレイチェルの体を駆けぬけるが、恐怖は解放でもある。力を解きはなち、行動の先触れとなる。

ピートはびっしょりと汗を掻いている。「だいじょうぶ?」とレイチェルは訊く。

「ああ」とピートは答える。気分は〝だいじょうぶ〟の逆だが、肩にかけたMP5が勇気をあたえてくれる。弾倉には九発残っているし、頼もしい四五口径もまだある。問題ない。

「ママ!」どこか外のほうからかすかに呼ぶ声がする。

ガラスのスライドドアをあけ、レイチェルとピートは雪の中に出る。雪は北から激しく吹きつけてきて、ふたりのまわりでびゅうびゅうと冷たく渦を巻く。

「あっちじゃないかな」とレイチェルは使われなくなった一群の農作業場を指さす。雪の上に足跡が残っており、いちばん手前の建物のほうへ続いている。

ふたりは足跡をたどって古い食肉解体所の入口まで行く。かつては解体所として機能していたのだろうが、いまはすっかり蔦《つた》におおわれ、壁と屋根に大きな穴があいている。

携帯のライトを消して中にはいる。

たちまち血のにおいと腐臭が襲ってくる。

ガラスの破片が床に散乱し、足の下でばりばりと音を立てる。

ほとんど何も見えない。明かりといえば、背後の家から噴き出す炎の、ちらつく光だけだ。

崩落した屋根と壁から、風がひゅうひゅうと吹きこんでくる。

梁《はり》から吊りさげられた猪にぶつかりそうになって、レイチェルはぎくりとする。死んだ猪のうつろな眼が、自分の眼と同じ高さにある。

闇に眼が慣れてくると、ほかにも動物が鉤《かぎ》にぶらさがっているのが見える。雉子《きじ》と烏《からす》が数羽、穴熊が一匹、鹿が一頭。

解体所はふたつのフロアに分かれ、小さな階段でつながっている。

「あいつらはきっと上階《うえ》にいる」とピートがささやく。「階段てのは待ち伏せにうってつけの場所だ。気をつけろ」

レイチェルはうなずき、大きな足音を立てないように努力する。

ふたりはそろそろと前進する。

割れたガラス、湿った雪、淀んだ空気。錆、乾いた血、死。

コンクリートの階段を半分しかのぼらないうちに、何者かが撃ちはじめる。

「拳銃、三時の方向!」ピートは叫び、MP5で撃ち返しながら階段を駆けあがる。さらに三度撃つと、標的は機械の陰に伏せて見えなくなる。

彼はほくそ笑む。むこうはチャンスをむだにした。

弾倉を見る。MP5はもう空《から》だ。それを捨てて、頼もしい四五口径を抜く。

「命中した?」レイチェルがささやく。

「いや」

「子供たちに気をつけてね」レイチェルは言う。

手が震えているのに気づいて、彼女は拳銃をさらにきつく握る。いまこれをなくすわけにはいかない。こんなに近くに――

頭上のアーク灯がつく。

レイチェルは九ミリを自分のまわりにぐるりとめぐらせる。解体所は汚れたコンクリート造りの廃墟で、古い農機具やガラクタがいたるところに置かれている。彼女の近くには猪がもう二頭、天井の鉤から吊るされている。一頭は処理されたばかりで、下のバケツにまだ血がしたたっている。

だが、そんなものはどうでもいい。

いま重要なのは十メートルむこうの、二階の奥に見えるものだ。そこにジンジャーと双子の兄のオリーがならんで立ち、それぞれがカイリーとスチュアートに拳銃を向けている。カイリーもスチュアートも体の前で手錠をかけられ、おびえて泣いている。床にはマーティが伸びており、意識が朦朧《もうろう》としているようだ。頭から血を流したまま、荒い息をして痛みにうめいている。オリーはスチュアートの首に腕をまわし、耳に銃口を押しあてている。ジンジャーはカイリーのTシャツの襟首をつかみ、頭にぴたりと銃を向けている。

ピートとレイチェルはその場に凍りつく。

「ママ！」とカイリーが泣き声で言う。

「その子を放して！」レイチェルはジンジャーに叫ぶ。

「そうはいかないでしょ」ジンジャーは言う。

レイチェルはジンジャーの顔に狙いをつける。「ならあんたを殺す」

「この距離で命中させられる自信があるわけ？　拳銃を撃ったことだってろくにないんじゃないの？」ジンジャーは言う。

「絶対にはずさないから」

「銃を捨てて。さもないと子供たちを撃つよ」

「いや、捨てない」とピートが言う。「それよりこうしよう。そっちが子供たちを放してくれたら、おれたちは出ていく。そしたらそっちは、偽のパスポートで海外へ高飛びする時間ができて、万事丸く収まる」

そう言ったところでピートはちょっとよろけ、あわててバランスを取る。

「あらら、気をつけて、水兵さん。腰をおろして休んだらどう？」ジンジャーは意味ありげにオリーを見る。

「おれの言うとおりにしたほうがいい」ピートは小声でそう言いながら、じりじりと近づいていく。こいつらは自信家だ。自信がありすぎる。あと一、二メートル近づければあの男を確実に撃てる。スチュアートの身長はあいつの胸までしかないから、額を狙えばあいつは強力な四五口径弾で即死する。急がなくては。体内のアドレナリンはまちがいなく頭打ちで、もう下り坂にある。

「よく〝撃鉄を起こす〟なんて言うけど」とジンジャーは言う。「あんた、どうしてもあたしにそんなまねをさせたい？　眼で見ないとわからないほどばか？　とっとと銃を捨てないと、マジでこの子を殺すよ」

「そうしたらおまえも死ぬことになるぞ」ピートは言う。もうあと六メートルほどだ。すばやく一発撃てばそれですむ。

「銃をおろすんだよ、このあほう！」オリーが偉そうに平然と命じる。

ピートはオリーの額に狙いをつける。やれ。いますぐやれ。だが、体じゅうが痛む。疼く。手が震えている。

「いますぐ銃を捨てないと――」

オリーがさらに言いかけたとき、バンと銃声が轟いてジンジャーの三八口径の弾がピートの胴に命中し、ピートは倒れる。

レイチェルは血を溜めるコンクリート槽の陰に飛びこみ、数センチの差で次の弾をよける。

「おまえ、撃っちまったぞ」オリーはジンジャーに言う。

「くさい芝居が癇《かん》にさわったの」とジンジャーは答える。「さあ、レイチェル、次はあんたの番だからね。銃を捨てて両手をあげないと、カイリーを殺すよ。オリー、腕はその子にまわしたまま、銃をカイリーちゃんのほっぺにあてて」

オリーはカイリーの右の頬に銃口を押しつける。

「ママ！」カイリーがべそをかく。

レイチェルの胃がよじれる。涙がこぼれてくる。ピートは撃たれたし、マーティは伸びているし、自分はもうくたびれきった。こんなことばかりだ。何週間も。何年も。マサチューセッツ総合病院で最初に癌だと告げられたときから、何もかも狂ってしまった。

もうだめだ。このままこの汚らしい床に寝ころんで、眼を閉じて眠ってしまいたい。そう思っている自分がどこかにいる。

だが、レイチェルにはカイリーの顔が見えているし、カイリーはレイチェルの全世界だ。彼女はコンクリート槽の陰にしゃがんだまま、その縁越しに九ミリをジンジャーに向ける。

「銃を捨てて降参しな！」渦を巻く雪の中でジンジャーが叫ぶ。

「いやよ！　そっちこそ銃を捨てて」レイチェルは涙をこぼしながら答える。

「降参したら解放してやる。おまえも子供たちも。その男の言ったとおりに。こっちもゲームが終了したのはもうわかっている」とオリーが言う。「このジンジャーがヘマをやらかしたせいだ。これが初めてじゃない。おまえたちを自由にしてやるから、おまえたちもぼくらを自由にしてくれ。取引しようじゃないか。二十四時間くれたら、ぼくらは南米に高飛びする」

レイチェルは胸がどきりとする。これは新たな可能性だ。一縷《いちる》の希望だ。

「約束して！　あたしたちをここから出ていかせると約束して」と彼女は言う。「もし——国外へ高飛びするのなら、これ以上殺さなくてもいいでしょ」

「降参して銃を捨てろ、おまえにも子供たちにも危害は加えないと約束する」オリーは言う。

「子供たちを連れて出ていかせてくれる？」レイチェルは訊く。

子供たちの安全を確保したら、警察に電話してマーティとピートを助けにくればいい。

オリーはうなずく。「ぼくはモンスターじゃない。家族と一緒に出ていかせてやる。そのかわり、警察に通報するのは一日待ってくれ。おまえがしなければならないのは、銃を捨てて降参することだけだ。さあ、ミセス・オニール、一緒にこれを解決しよう、みんなのために！」

相反する光景や本能が入り乱れて、頭がパンクしそうになる。**信じちゃだめ、子供たちを取り返して、信じちゃだめ、子供たちを取り返して……**

どちらかを選ばなくてはならない。だからオリーを信じることにする。

子供たちを取りもどすのが先、あいつの意図を心配するのはそれからだ。そう自分に言い聞かせる。

レイチェルは立ちあがって両手をあげ、九ミリを床に落とす。

「そこから出てきて、両手を頭にあててひざまずいて」ジンジャーは言う。

レイチェルが命じられたとおりにすると、ジンジャーはカイリーをレイチェルのほうへ押し出す。カイリーは母親の腕の中に倒れこみ、レイチェルは娘を抱きしめる。

「もう絶対に放さないからね」そうささやく。

そのささやかな聖母子像《ピエタ》のほうへオリーがスチュアートを押しやる。そして妹のほうを向く。「ものごとってのはな、ジンジャー、こういうふうにやるんだよ。こういうふうにやればうまくいくんだ。こんなものは要らない」と銃を振ってみせる。「ここを使うんだよ」と自分の頭をつつく。「ぼくが何をしたか見てただろ？　話をしただけだ。銃も暴力も使わない——自動修正メカニズムさ。必要なのは電話機と声だけ。あとはちょっとした頭脳だ」

「じゃ、ほんとにあいつらを解放するつもり？」ジンジャーは訊く。

「まさか！　そんなことができるわけないだろ？　何言ってるんだ、ジンジャー、だいじょうぶか、おまえ？」

「じゃ、あいつらを殺すの？」

「あたりまえだ！」オリーはいらだつ。

「ならさっさとやろう」とジンジャーは言う。「ひと晩じゅうこの雪の中でトナカイごっこをしてた気分。さあ、みんな、眼を閉じたほうがいいよ。あんたたちの戦いはおしまい」

72

早めのクリスマスプレゼントに〈フーディーニの究極の奇術キット〉をもらうなんて、ありえないほどオタクっぽいし、カイリーの年齢だったらきっと友達にからかわれる。**奇術？　うっそお、そんなもの誰がやるの？**

だからみんなには内緒にしていた。もちろんスチュアートは別だ。スチュアートには話した。

そしていくつかの手品を憶えた。あの地下室でストーブにつながれていたとき心に誓ったとおり、手錠をはずす方法を本当に身につけた。ユーチューブの動画を見て練習したのだ。さんざん。そしてうまくなった。数週間でできる精一杯のところまで。普通の手錠なら三十秒ではずせる。プラスチックの結束バンドの手錠は別だけれど、金属手錠ならどれでも、やり方さえ心得ていれば万能キーであけられる。そのキーを幸運のお守りとして、いつも自分のキーチェーンにつけて持ちあるいている。

いつも。

体の前でかけられた手錠を、カイリーは誰にも気づかれずにはずす。

次は？　雪が天井の穴から降りそそいでくる。母親はカイリーを抱きしめ、スチュアートは泣いており、カイリーのすぐ前の床には母親の落とした拳銃が転がっている。

手を伸ばして銃を拾う。ずしりと重たい。とんでもなく重たい。双子がしゃべっている。

「ならさっさとやろう」とジンジャーが言う。「ひと晩じゅうこの雪の中でトナカイごっこをしてた気分。さあ、みんな、眼を閉じたほうがいいよ。あんたたちの戦いはおしまい」

カイリーは九ミリをかまえ、狙いをつけ、引金を引く。

73

オリーの顔が陥没し、後頭部が破裂して背後のコンクリートブロックの壁に飛び散る。そんなものをカイリーは初めて見る。おぞましいどころではない。だが、おびえている暇は数分の一秒しかない。ジンジャーがカイリーのほうへ銃を振り向ける。

「このガキ！」金切り声をあげてカイリーをやみくもに撃つ。

カイリーはまた引金を引くが、こんどは大きく上にはずれ、弾はカンと天井に飛びこんでいく。

錆びた屋根の一部が、ジンジャーと兄の死体のあいだに落下する。ジンジャーはぎくりとして、何ごとかと振りかえる。その隙にカイリーは、母親とスチュアートを急かしてコンクリート槽の陰に隠れる。

ジンジャーは気を取りなおし、立てつづけに四発撃つ。

弾がビシビシとコンクリート槽をたたく。

ジンジャーは移動し、片眼をつむり、コンクリートの割れ目のむこうにのぞくカイリーの肩を慎重に狙うが、もはや弾がない。リボルバーの弾倉は空《から》だ。

「ちぇ！」と声をあげる。

弾を撃ちつくしたんだ、とレイチェルは気づく。カイリーから九ミリを受け取って立ちあがり、狙いをつけ、ゆっくりと引金を引く。だが、何も起こらない。九ミリも空になったのか、でなければ弾づまりを起こしたのだろうが、弾づまりの直し方などさっぱりわからない。

ふたりはにらみあう。

そしてまたしても気づく。

鏡に映ったレイチェル、鏡に映ったジンジャー。あんたはあたしかもしれず、あたしはあんたかもしれない。

いや、とレイチェルは首を振る。そんなたわごとにだまされるもんか。あたしはあんたとはちがう。**人間は選ぶことができるんだ。**

ジンジャーはにやりとして銃を捨てる。

「行くよ」とレイチェルは宣言し、ジンジャーめがけて突進する。

ジンジャーはすばやく防御姿勢を取るが、レイチェルに激突されて一緒に床に倒れる。

ジンジャーはぱっと立ちあがり、レイチェルは床に落ちていた金物をつかんで投げつける。だが、それははずれてコンクリートブロックの壁にゴツッとぶつかる。

レイチェルは立ちあがり、ジンジャーめがけてパンチを繰り出す。だが、スピードが遅すぎて、きれいなサイドステップひとつであっさりかわされる。ジンジャーは青い瞳を喜びできらめかせ、呆然とするレイチェルの顔に頭突きを食らわす。

鼻が折れたのは初めてなので、レイチェルはあまりの痛みに一瞬眼がくらむ。そこへジンジャーのパンチが飛んでくる——脇腹、胃、左胸。

レイチェルは顔をゆがめ、思わず片膝をついてしまうが、どうにかふたたび立ちあがる。

「いまのは気にいった？　じゃ、これも気にいるよ」とジンジャーは言い、レイチェルの喉と、左胸をまた殴りつけてから、血だらけの鼻にパンチをたたきこむ。

重たい正確な狙いすましたパンチの破壊力。

レイチェルは倒れる。

ジンジャーはその上に飛び乗り、レイチェルを仰向けにする。

その手慣れたすばやさに、レイチェルは手も足も出ない。

両手で喉をつかまれて締めつけられ、レイチェルはあえぐ。「やめて、うっ」

「あんたが厄介の種だってことはわかってたんだ。最初からわかってたんだ」ゆがんだ、恍惚とした、狂人のような顔がレイチェルを横眼で見おろしている。口から唾を飛ばして。歯をむき出して笑っている。楽しんでいるのだ。「わかってたんだよ！」そう言ってますます強く締めつける。ＦＢＩの護身術クラスで習ったやり方なら、数秒で窒息させられる。

レイチェルの視野がトンネル状になってくる。

いっさいが真っ白に変わってくる。

「くたばれ、この死にぞこない！」ジンジャーはわめく。

トンネル。

白。

無。

自分が永遠に消えていこうとしているのがわかる。

汚れたコンクリート床に命がしたたり落ちていくのが感じられる。

カイリーを愛しているけれど、自分はもうだめだということを、どうすれば伝えられる？

伝えられない。声が出ない。息ができない。

誰にも何もできない。

いまになってレイチェルはすべてを悟る。

〈チェーン〉とは、人間のもっとも大切な感情——愛する力——を利用して金を儲ける残酷な手口だ。そんな手口は、親子愛も、きょうだい愛も、ロマンチックな愛も存在しない世界では通用しない。そんなものを自己の目的のために利用できるのは、愛情が欠如しているか愛情を理解できない社会病質者だけだ。

愛のおかげで、アリアドネとテセウスは解放されたのだ。

そしてボルヘスの物語では、ミノタウロスも。

愛のおかげで、というか、愛そうという不器用な努力のおかげで、ジンジャーも解放されかけたのだ。

レイチェルはそれに気づく。

そして悟る。

〈チェーン〉とは、人々を友人や家族と結びつける絆のメタファーなのだ。それは臍《へそ》の緒《お》のような母と子のつながりであり、英雄がたどらなければならない探求の路《みち》であり、アリアドネが迷宮という難問を解くために考え出した細い深紅の糸の玉なのだ。

それをレイチェルはすべて悟る。

知識とは悲しみだ。

眼をつむり、闇に包みこまれるのを感じる。

世界が縮み、薄れ、遠ざかっていく……

そのとき、床にある何かが手に触れる。

何か鋭いもの。切れるもの。痛いもの。薄く長いガラスの破片。

親指でそれを引きよせて、手に包みこむ。

手が血だらけになるが、しっかりと握る。

鏡を避けし者レイチェル・クラインは、いま鏡を破ってそのガラスのかけらを手に入れる。

これをジンジャーへの贈りものにしてやろう。

そうだ。

体内の最後の息とともに、そのガラスの破片をジンジャーの喉に突き立てる。

ジンジャーは悲鳴をあげて、レイチェルをつかんでいた手を放し、自分の首を掻きむしる。

ガラスをいじりまわしてどうにか助かろうとするが、すでに頸動脈が切断されており、傷口から深紅の動脈血が泉のように湧き出ている。

レイチェルは転がってジンジャーから離れ、空気をむさぼる。

ジンジャーがかっと眼を見ひらく。「わかってたんだ……最初から……」そう言って床に倒れ、息絶える。

レイチェルは大きく息をつき、眼を閉じてまたひらく。

するとカイリーに抱きしめられている。

カイリーは母親を二十秒間抱きしめてから、立ちあがってピートの腹部の傷に布切れを押しあてる。

弾は主要な血管をそれてはいるが、治療が必要だ。大至急。

母親の携帯を見つけて九一一番にかけ、警官と救急車が必要だと伝える。

それからスチュアートに携帯を渡し、父親を助けにいく。

スチュアートは係官に一号A線からの道を正確に伝える。そこで背後の屋敷が燃えているのに気づき、消防車も寄こしてほしいと伝える。

「そのまま電話を切らないでね、いま助けが向かうから」と係官は言う。

カイリーはビニールシートを二枚見つけ、吹きこんでくる冷たい風と雪を防ぐために、一枚をピート伯父さんと父親に、もう一枚を母親とスチュアートにかける。

「こっちへおいで」とレイチェルはカイリーとスチュアートに言い、ふたりを抱きよせる。もうだいじょうぶよ、と母親たちが何千年何万年と子供を安心させるために用いてきた口調でふたりに伝える。

「何か手伝えることはあるか？」とマーティが言いながら這ってくる。

「伯父さんを助けて。傷口を押さえてて」カイリーが言う。

マーティはうなずき、ピートの腹部にあてた布を強く押さえる。「がんばれ、兄貴、こんなものはこれまでの負傷に比べたら大したことないはずだ」

見たところかなりひどい傷だが、黒い眼にはまだ火がともっている。死に神は呪術的で、頑固で、強力な力を相手にしなければならないだろう。

解体所の屋根の残骸に火の粉が降ってくる。

「おい、ここから出ないとまずいかもな」マーティは言う。

レイチェルが見ると、激しい炎が母屋の西側をすっかりおおっている。

「ピートを動かせる？」彼女は訊く。

「動かすしかない」マーティは答える。

炎が母屋の二階を呑みこみ、木造のデッキが地面に落下する。

雪と火の粉が暗い空から降ってきて、解体所の中で混じりあう。

「助けが来たみたい」夜の闇からサイレンの音が聞こえてくると、レイチェルは言う。

カイリーはにっこりし、スチュアートはうなずき、レイチェルはシートをしっかりとみんなに巻きつける。娘をふたたび放すのは難しいだろう。いや、不可能だ。カイリーの頭のてっぺんにキスをする。

ピートはそれを見てうれしくなる。

ゆっくりと瞬きをする。

何か言おうとするが、いまは言葉がない。

自分がショック症状を起こしかけているのがわかる。それは何度となく見てきた。助かるとすれば、すぐに衛生兵が来てくれる必要がある。

マーティが話しかけてくるが、おれに必要なのは——あれはどこだ？

手が床を探り、祖父のコルト四五口径を見つける。戦艦ミズーリに突っこんでくるゼロ戦に向かって祖父が怒りのあまりぶっ放したという銃を。

ピートはどうにかそれを拾いあげる。

祖父の四五口径……太平洋での戦いのあいだ祖父を守り、五回の前線勤務のあいだピートを守ってくれた幸運のお守り。

これにあとほんの少し、運が残っていてほしい。

74

幼い頃からずっと、彼はレッドと呼ばれている。父親の名を取ってダニエルと名づけられてはいたが、父親は拳にものを言わせすぎたため、息子には受けが悪い。軍ではレッドと呼ばれる。でなければ軍曹か、フィッツパトリック軍曹と。本人はレッドが気にいる。

彼にとって陸軍はいいところだ。読み書きを教えてくれる。レッドは読み書きの補習クラスにはいる。娯楽新聞に眼を通す。コミックに夢中になる。膨張した赤いクリプトン星や、赤い道路を歩くスーパーマンに。

陸軍は彼を海外へ送る。

ジャングルにいるレッド。

デルタ地帯にいるレッド。

ニャチャンの売春宿にいるレッド。

サイゴンの売春宿にいるレッド。

レッドは自分が女どもに恐れられているのを承知している。女どもは彼の眼と、魚の鱗《うろこ》のような首の痣《あざ》を嫌う。彼をレッドとも、ダニエルとも、軍曹とも呼ばない。陰で〝オン・マー・クイ〟と呼ぶ。〝海の悪魔〟という意味だ。

ヘリに乗るレッド。

イアドラン渓谷で戦闘に従事するレッド。迫撃砲弾が飛んできても平然としているレッド。銀星章に推薦されるレッド。

帰国して、サウスボストンのガールフレンドに男の子の赤ん坊と対面させられるレッド。

ボストン市警にはいるレッド。

時代は一九六〇年代なかば。若い男が出世するチャンスはいくらでもある。ときには、何人か張り倒さなければならないこともある。

ときには、もっとひどいことをしなければならないことも。

ドーチェスターの安酒場の床についた染みの赤。

たれこみ屋の地下アパートの壁一面に飛び散る赤。

手の赤。眼の赤。いくつもの部屋にあふれる赤。

妻がよその男とミシガンへ駆け落ちする。ミシガン州アナーバーの家の外の雪に残る足跡の赤。

息子は成長して父親と同じ道へ進み、法執行機関にはいる。

栄光の日々。

赤い字で記すべき特別な日々。

そして凋落《ちょうらく》。あのヒッピー女が息子の人生にはいりこんでくる。

いまの彼は老人だ。髪は白髪になっている。だが、昔のレッドはまだ健在だ。

おれを殺せると思うのか？

そう簡単にはやられんぞ。

レッドはリネン・クローゼットの床から起きあがる。そこで体力を回復していたのだ。よたよたと書斎の隣の部屋へ行く。どこもかしこも煙が立ちこめている。家が燃えているのだ。救急箱を見つける。散弾を食らった脇腹を見る。もっとひどい目に遭ったこともある。七七年にあのギャングどもと撃ち合ったときとか。八五年にリヴィアで集金に失敗したときとか。

だが、あのころはまだ若かった。いまよりずっと若かった。

脇腹はひどく出血している。赤い包帯。赤いリント布。よたよたと銃架へ。外にある昔の解体所から叫びと銃声が聞こえてくる。

彼が手にしたのはM16で、銃身の下にM203グレネードランチャーを装着してある。

圧倒的な威力が必要なときには、これしかない。

立ちこめる黒煙に咽《む》せながらキッチンへ行く。

途方もない痛み。肋骨が少なくとも四本は折れ、おそらく片肺に穴があいている。だが、やり遂げられるだろう。レッドならやり遂げるはずであり、彼は白髪になったとはいえ、まだレッドなのだから。

吹雪の中に出ると、解体所の裏手へと重い足を運ぶ。

一歩ずつ、焼けるような痛みをこらえて。

瞬きをして眼から雪を払い落とす。

ほんの十五メートルなのに、百五十メートルのように思える。

ついに這っていくしかなくなる。吐く息が血のあぶくになる。やはり肺に穴があいたのだ。

解体所の裏口にたどりつく。死の入口に。

赤い地面。赤い手すりと赤い雪。

息が苦しい。機能しているのは片肺だけだし、それも血でいっぱいなのだ。

コンクリート階段の最後の一段をよじ登り、黒いドアの縁から中をのぞく。

アーク灯がともっており、すべてが見える。

愛するふたりの孫が床で死んでいる。その昔、彼が救い出した子供たち。これまで彼を本当に愛してくれたのも、理解してくれたのも、このふたりだけだ。そのオリーとジンジャーが赤の世界に。

女はそこにいる。シートをかぶって子供たちと身を寄せあっている。マーティともうひとりの男はその隣に横たわっている。見たところ、どちらもまだ生きている。もう長くはないが。

レッドはM16をかまえて、下に装着したグレネードランチャーの引金に指をかける。高性能徹甲擲弾《てきだん》が装塡してあるから、中にいるやつらは全員死ぬはずだ。おそらくレッド自身も。

よかろう、と思い、彼は引金を引く。

75

遠くから人の声が聞こえる。濡れた冷たいものが顔に落ちてくる。

ここはどこだ？

ああ、そうか。

しばらく気を失っていたのだ。マーティが話しかけている。ピートを励まそうとしている。

ピートは自分の四五口径をつかんでいる。レイチェルはカイリーとスチュアートを抱きしめている。

ピートは自分の四五口径をつかんでいる。床に沿って眼をやると、裏口にダニエルがいるのに気づく。それと同時にダニエルもピートに気づく。老人はグレネードランチャーを装着したM16を手にしている。

レイチェルはまちがっていた。〈チェーン〉はやはり深い。やはり神話なのだ。老人対若者、陸軍対海軍、カタルシス対カオス。戦《いくさ》の神は明らかにどちらか一方を生かしておくつもりだ。自分だけの楽しみのために。

ふたりとも引金を引く。老人のほうがわずかに早いが、金属の引金がびくともしないので、ほんの一瞬戸惑う。戸惑って、それから気づく。M203グレネードランチャーの手動安全装置を解除しわすれたのだ。M203は危険な武器だ。暴発させるわけにはいかない。発射するさいには、手動で安全装置を解除する必要がある。

くそ。

あわてて不格好な安全装置のレバーを探るが、その瞬間にピートの銃口がまばゆい白光を吐き、ダニエルの胸は痛みと火に包まれて破裂し、命は第二次世界大戦の四五口径から発射された銃弾で断ち切られる。

76

輪郭。サイレン。雪。

毛布。

「悪いけど、ピート、ここはもう火に包まれる。外に出てもらうからね」

レイチェルとカイリーとスチュアートがマーティとピートを助けて、五人は解体所の外へ出る。

燃える建物からよたよたと離れて雪の中に倒れこむ。背後でキッチンの下のガスボンベが次々に爆発しはじめる。

「もっとこっち!」とレイチェルは言い、彼らを抱えて敷地からさらに遠くへ引きずっていく。

青い炎。

白い雪。

明滅するライト。

ミスカトニック川流域消防局の消防車が一台、道を走ってくる。鏡文字で記された〝消《ファ》防《イア》〟という文字の下に、大きな黄色い矢が一本描かれている。

レイチェルは大きくうなずく。

三頭の死んだ狐と、黄色の矢だ。やっと解放が訪れる。

ピートが手招きする。

「なに？」

「おれが助からなくても、これの映画化で、どこかのまぬけをおれの役につけないでくれよな」

レイチェルはにやりとしてピートにキスをする。

「それからもうひとつ」とピートは言うが、あとは言葉が出てこない。

「あたしもそう」と彼女は言い、もう一度キスをする。

77

この事件の映画化でピートを演じる者はいないだろう。映画化する人物としては、ピートはあまりに問題が多い。自白したピートとレイチェルには、誘拐ならびに不法監禁と、児童を危険にさらした容疑がかけられる。それだけでも禁錮五十年だ。

それからインスマスでささやかな捜査が行なわれる。あれは自警団的な救出行動だったのか、それとも家宅侵入だったのか？

長い時間がかかってようやくすべてに答えが出る。

ＦＢＩの捜査官チームが数週間がかりで、ジンジャーのハードディスクから見つかった〈チェーン〉の関係文書を分析しおえる。

ダンリーヴィ夫妻が勇気をもって出頭し、警察にこう伝える。レイチェルがアミーリアを連れていったのは自分たちが同意したからであり、なぜ同意したかといえば、レイチェルが〈チェーン〉を破壊するつもりだと言ったからだ。それで金のことも説明がつくと。

警察はそんな話をひと言も信じないが、ダンリーヴィ夫妻が検察に敵対する証人になることはまちがいない。

　この頃には、レイチェルとピートをはじめとする〈チェーン〉の全被害者に、すっかり同情が寄せられている。世間は圧倒的に彼らの味方だ。ふたりは同情される被告人となり、陪審が法を無効化する可能性が高まる。マサチューセッツ州検事局は風向きを読む。ふたりは追って沙汰があるまで釈放される。ダンリーヴィ一家がふたりに不利な証言をしないこと、世間もふたりの味方であること、それにジンジャーの悪事の数々を考え合わせると、検事局が高い経費をかけて不人気な公判を行なう見込みはきわめて低い。レイチェルの弁護士はふたりにそう伝える。レイチェルは怪物を殺したのだ。〈チェーン〉は二度と動かなくなり、その鎖の環のひとつひとつだった人々はみな解放された。

〈チェーン〉そのものの過去は、何十人ものジャーナリストによって調査されつつある。《ボストン・グローブ》紙の記者は、そのルーツがメシキコを発祥地とする身代わり誘拐制度にあることを明らかにする。

〈チェーン〉の被害者は数百人にのぼるが、報復への恐怖からほぼ全員が、まれに実行されるむごたらしい仕返しにおびえて、長年にわたり口を閉ざしてきた。

　というのが、まあ、レイチェルが新聞で読んだものだ。それが《ボストン・グローブ》のまとめだ。タブロイド紙やインターネットにはもっと煽情的な記事がある。けれども自分を守るために、レイチェルはタブロイド紙を読むのをやめ、釈放されて以来インターネットにもまともにアクセスしていない。

インタビューには応じず、スポットライトを浴びないようにする。娘を学校へ送り迎えすることと、コミュニティ・カレッジの講義の原稿を書くこと以外、これといったことをしないようにしていると、そういう二十一世紀らしからぬ慎重なふるまいのおかげで、やがてレイチェルは過去のニュースになる。

徐々にツイッターやインスタグラム上のトレンドの話題から消えていく。憐れな人間がほかに現われてくれる。それからまた別の誰かが現われる。そしてまた別の誰かが。毎度おなじみの光景……

ニューベリーポートではいまだに誰なのかばれてしまうが——それはしかたない——ニューハンプシャーかボストン郊外のモールまで行けば、無名の人間に戻れる。それが彼女にはありがたい。

三月も末に近いある晴れた朝。

レイチェルはベッドでラップトップを抱えている。インタビューを申しこんでくる二十通の新たなメールを受信ボックスから削除して、コンピューターを閉じる。ピートは隣のバスルームでシャワーを浴びている。へたくそな歌を歌いながら。

レイチェルは微笑む。いまのピートはとても頑張っている。メタドン・プログラムのほうも、ケンブリッジのハイテク企業のために始めたばかりの保安コンサルタントの仕事のほうも。彼女は裸足でキッチンへ行き、薬罐《やかん》に水を満たし、コンロにかけて湯を沸かす。

二階からときどき〝ポーン〟とカイリーのアイパッドが鳴る音が聞こえてくる。眼を覚ましたカイリーが、シーツにもぐりこんだまま友達とチャットをしているのだ。カイリーのほうもびっくりするほど頑張っている。子供というのは回復力があり、トラウマからすぐに立ちなおるというけれど、それでもカイリーの立ちなおりぶりには驚かされる。

八時にスチュアートがやってくる。レイチェルがハグをすると、彼はキッチンに座って猫をなでながら、カイリーの仕度ができるのを辛抱強く待つ。スチュアートもやはり元気になっており、五人のなかではいちばん名声を楽しんでいる。そしてマーティもまた、注目を楽しんでいるようだ。何度かテレビに出て自分の体験を語っている。語るたびに少しずつ、自分が救出劇で果たした役割がおおげさになっている。あれならだいじょうぶだ。それにこんどの超若いガールフレンドのジュリーは、まるでこんなふうに思いこんでいるように見える——自分たちはみんなで恋愛コメディのようなものに出演していて、根暗な最初の妻のレイチェルが、最後にはジュリーの潑剌とした魅力に負けるのだと。

レイチェルはキッチンのテーブルを前にして座り、ふたたびラップトップをひらく。考えがまとまらない。サラ・ベイクウェルの『実存主義者のカフェで』をぱらぱらとめくると、シモーヌ・ド・ボーヴォワールのすばらしい写真に眼が留まり、一瞬びっくりする。迷宮の形をしたブローチをつけているのだ。

　レイチェルは本を閉じると、ボートの淦《あか》を汲み出しに葦のあいだを歩いていくヘイヴァーキャンプ医師に手を振る。

「講義の初めにジョークを言おうと思ってるんだけどね、スチュアート。こんなのはどう？　〝友人がドイツ哲学の本を売る書店をひらこうとしています。そこでわたしは彼に、それはうまくいかないだろうと言いました――それはあまりにニーチェ《ニッチ》な市場だ〟」レイチェルは得意げな顔で言う。

　スチュアートは眉をしかめる。

「だめ？」レイチェルは訊く。

「ていうか、そういうのを判断するのにぼくはあんまり適任じゃ……」

「スチュアートが言おうとしてるのはね、ママ、ママのお笑いスタイルはお年寄り向けだってこと」と、カイリーが二階の手すりから身を乗り出して言う。

　ピートがシャワーから出てきて首を振る。「きみの第二志望が漫才師じゃないといいけどな」

「もういい、あんたたちなんか！」とレイチェルは言い、ラップトップを閉じる。

　全員の仕度ができると四人は車に乗り、学校へ行くにはまだ早いので、一号線の〈ダンキンドーナツ〉に立ち寄る。

　レイチェルはペイストリーにかじりつく娘を見る。カイリーとスチュアートは、《ストレンジャー・シングス》シーズン3のネタバレがどうのこうのと言い合っている。これが、のんきでおしゃべりな以前のカイリーに近い姿だ。もちろん棘《とげ》はいつまでも刺さったままだろう。あの闇は。追いはらうことは決してできない。それはいまや自分の一部、みんなの一部だ。でも、おねしょはやんだし、悪夢を見ることも少なくなっている。それは大きな成果だ。

「じゃあ、こんどは絶対に笑えるやつ。一個の電球を交換するのに何人の気取り屋《ヒップスター》が必要でしょう？」レイチェルは言う。

「ママ、やめて！　お願い。もういいから！」カイリーが訴える。

「何人なの？」スチュアートが訊く。

「きわめて漠然とした数だ、きみはどうせ聞いたこともないだろう」とレイチェルはいかにも気取った口調で答える。少なくともピートだけはにやりとする。

子供たちを学校へ送り、ピートをニューベリーポートの通勤電車の駅でおろす。新しい仕事にはスーツを着ていかなければいけないのが、目下のピートの悩みの種だ。ネクタイに毎度手を焼いている。

「平気だってば！　あなたはすてきよ」レイチェルは言う。本気だ。

ピートの乗る電車が来ると、彼女はボルボに戻って街へ行き、そのまま薬局チェーンの〈ウォルグリーン〉にはいる。顔見知りのレジ係のメアリー・アンがいないのを確かめてから、すばやく妊娠検査キットの売場へ歩いていく。

どれを選んでいいかわからないほどいろんなキットがある。適当にひとつをつかんでカウンターへ持っていく。

レジ係は高校生ぐらいの女の子で、名札によればリプリーという名前だ。『白鯨』を読んでいる。

見たところまだ、〝遠まわりしつつ航行するレイチェル号〟というあの結びの一文までは、だいぶありそうだ。ふたりの眼が合う。

「何章を読んでるの？」レイチェルは訊く。

「七十六章」

「本ていうのはすべて七十七章で終わるべきだって、前に人から言われたことがあるけど」

「ああ、これもそうだったらいいのに。まだまだ先は長いな。あ、お客さん、買うなら〈クリアブルー〉のキットのほうがいいですよ」女の子は言う。

「〈クリアブルー〉？」

「〈ファーストレスポンス〉を買って節約しようと思ってるでしょ。でも、〈ファーストレスポンス〉は偽陽性率が高めなの」彼女はそこで声を落とし、「経験から言うんだけどね」と付け加える。

「じゃあ〈クリアブルー〉にする」とレイチェルは言う。

代金を払い、ステイト通りの〈スターバックス〉でもう一杯コーヒーを買うと、プラム島に帰る。

バスルームへ行き、キットを箱から取り出すと、使用法を読み、便器の上でスティックに尿をかけ、スティックを箱に戻す。

三月にしては驚くほど暖かい日なので、箱を持って外に出ると、デッキの端に腰かけて砂地の上に足を垂らす。

上げ潮だ。潮の香りが強い。大西洋側の大きな家々の上に陽炎《かげろう》が立ちのぼっている。一羽の白鷺《しらさぎ》が葦のあいだをのんびりと歩きまわり、鷹が西の本土のほうへ飛んでいく。漁船。蟹漁師たち。コンビニエンス・ストアの近くで吠えている気怠《けだる》い犬の声。

メタファーの力を感じる――安らぎ、安定、安全。

ヘンリー・ソローはプラム島を〝ニューイングランドの荒寥《こうりょう》たるサハラ〟と呼んだけれど、今はそんな島ではない。

手にした箱を見る。その箱の中にはふたつの考えられる未来がある。その未来が刻々と、毎分六十秒、毎時六十分で近づいてくる。

心臓が搏動するごとに。

彼女は微笑む。

どちらの未来でもかまわない。
どんな未来でも受け容れる。
あたしは娘を闇から救ったのだ。
怪物を斃《たお》したのだ。
前途にはいろんな障害が待ち受けている。
無数の障害が。
でも、あたしはカイリーを取りもどした。
ピートを手に入れた。
生き延びたのだ。
命はこわれやすく、はかなく、そして貴い。
生きているだけでも充分に奇跡なのだ。

あとがきと謝辞

迷宮を造るには二枚の鏡を向かい合わせにすれば足りる。
——ホルヘ・ルイス・ボルヘス『七つの夜』

〈チェーン〉の第一稿を書いたのは二〇一二年、メキシコ・シティでのことで、メキシコの交換誘拐というものを知ったあとのことだ。自分より弱い誘拐被害者のために家族のメンバーが身代わりになることを申し出るというこの考えを、わたしは一九七〇年代末のできごとと結びつけた。七〇年代末といえば、悪質なチェーン・レターの時代だ。わたしの育った土地はたいそう迷信深いところだったから、わたしたちは文字で書かれた呪いの力をすっかり信じこんだ。五年生のとき、担任教師がクラス全員に、みなさんを不安にさせているそういう手紙を全部持ってきなさいと命じ、わたしもずっと悩まされていた一通のチェーン・レターを持っていった。すると教師はそれらを、不幸や災難や悪運に見舞われるという差出人の断言をものともせず、まとめて破棄してしまった。このできごとは子供のわたしに深い印象を残し、いつまでも心に残った。それから三十年、わたしはときどき母にカーライル先生はどうしているかと尋ね、そのたびに先生は比較的つつがなく暮らしていると聞いて、安心したものだ。

二〇一二年に書いた〈チェーン〉は短篇だったが、わたしはそれを長篇にできると考えて、基本的にはそのまましまっておいた。五年後の二〇一七年、ようやく自分にフルタイムの著作権代理人をつけた。〈ストーリー・ファクトリー〉の創設者シェイン・サレルノである。当時は、少年時代を過ごしたベルファストを舞台にした刑事小説のショーン・ダフィ・シリーズを書いており、シリーズは好評を博していくつかの賞ももらったというのに、思ったほどにはブレイクしてくれなかった。シェインが電話をかけてきて、アメリカの本を書く気はないかと訊くので、短篇バージョンの〈チェーン〉のことを話してみた。電話のむこうのキッチンで何かが落っこちて割れる音がし、シェインはわたしに、いまやっていることは全部やめて、ただちに長篇バージョンの〈チェーン〉を書きはじめろ、と力説した。そこでわたしは言われたとおりにした。

本というのは共同作業で作られるものだから、〈チェーン〉の草稿を読んで知的な提案を打ち返してくれたドン・ウィンズロウ、スティーヴ・ハミルトン、スティーヴ・キャヴアナー、ジョン・マクフェトリッジ、シェイン・サレルノに感謝したい。
〈マルホランド〉の優秀な担当編集者ジョシュ・ケンダルは、鑑識課員なみの鋭い眼で原稿をじっくりと見てくれた。また、アイディアやコンセプトが可能なかぎりしっかりしたもの、魅力的なものになっているかを、絶えず考えさせてもくれた。〈マルホランド〉と〈リトル・ブラウン〉では、優秀で精力的なトレイシー・ロウ、パメラ・マーシャル、キャサリン・マイアーズ、パメラ・ブラウン、クレイグ・ヤング、レーガン・アーサー、マイケル・ピーチュと、営業チームのみなさんに感謝したい。〈オリオン〉では、血と汗と涙を流してくれたイーマド・アフタル、リーン・オリヴァー、トム・ノーブル、ジェン・ウィルソン、サラ・ベントン、ケイティ・エスピナーに感謝したい。そして〈アシェット・オーストラリア〉では、ヴァネッサ・ラドニッジ、ジャスティン・ラトクリフ、ダニエル・ピルキントンにとりわけ感謝する。

ニューベリーポート公共図書館の職員のみなさん、ならびにハーレムのニューヨーク公共図書館ジョージ・ブルース分館の職員のみなさんにも感謝したい。〈チェーン〉のための調査の大半はニューベリーポート図書館で行なったし、ジョージ・ブルース分館には執筆のための静かな空間を提供してもらった。〈チェーン〉の最終章は、たんなる偶然の一致か、はたまた共感呪術によるものか、作家のスランプについて雑誌に記事を書くためプラハに滞在していたおりに、ナ・ポジーチー通り七番地にあるフランツ・カフカの勤めていた元オフィス（現在はホテル）で書きあげた。

末尾になったが、長年にわたり励ましと助言をあたえてくれ、物書きというものに本当に向いているのかとしばしば悩むわたしに、諦めるなと諭してくれたシェイマス・ヒーニー、ルース・レンデル、ドン・ウィンズロウ、イアン・ランキン、ブライアン・エヴンソン、ヴァル・マクダーミド、ダイアナ・ガバルドンに、謝意を表したい。

最後に、妻のリーア・ギャレット、ならびに娘のアーウィンとソフィーにも感謝したい。妻はつねにわたしの最初の明敏な読者であり、娘たちはティーンエイジャーの習慣と言葉づかいを教えてくれただけでなく、自分の子供の安寧や幸福が脅かされたら自分がどんな人間になるかを、学ばせてもくれた。

乾杯《スランチェ》。

解説

書評家
杉江松恋

エイドリアン・マッキンティの根底には怒りがある。

それが内に向かえば苦い自己否定、外に向かえばくだらない社会への憎悪。

激しい感情のうねりを、極力制御し、冷ややかな文章へと置き換える。

そういう過程を経て、マッキンティ作品は出来上がるのだろうと思う。

『ザ・チェーン　連鎖誘拐』は二〇一九年に刊行された、彼の新たなる代表作である。

邦題が示すように、これは誘拐を扱った犯罪小説だ。誘拐、しかも極めて悪質な。

ある朝、十三歳の少女カイリーは、スクールバスの停留所でスキーマスクを被った男に拳銃をつきつけられ、車で連れ去られる。男は言う。「きみのお母さんがこれから二十四時間以内にすることが、きみの生死を分けることになる」と。

カイリーの母親、レイチェル・クラインは抗癌剤治療を終え、念願の再就職も決まってこれから人生をやり直そうとしている。そのすべてを打ち砕く電話がかかってくる。カイリーを連れ去った誘拐犯からのものだ。ボイスチェンジャーでゆがめられた声は言う。「ひとつ。おまえは最初ではないし、断じて最後でもない。ふたつ。目的は金ではなく――〈チェーン〉だ」。

『ザ・チェーン　連鎖誘拐』は二部構成の小説である。第一部「行方不明の少女たち」はこのようにして始まるのだが、読むのがしばしば困難になるほどの緊迫感を覚える。誘拐という犯罪の卑劣さ、そして弱者が強者に振るわれる暴力の無慈悲さ、理不尽さがこれでもかと描かれるためだ。事件に巻き込まれた者たちが絶望感によって引き裂かれ、人生がどぶ泥の中に沈み切ったところで第二部「迷宮にひそむ怪物」が始まる。事件の全容が見えてきて、憎むべき犯罪を引き起こした者の正体が明らかになるのはそこからだ。

誘拐ミステリには長い歴史がある。ここでその系譜について細かく紹介している余裕はないが、子供などの弱い者が標的とされ、生命を換金するように要求されるという仕組みが、時として殺人以上に悪質と感じられること、いくつかの過程を経なければ犯行が終わらないため、犯人と警察・探偵との間に知恵比べが繰り広げられ、ゲーム要素が強くなること、などが犯罪小説の一ジャンルとして人気がある理由ではないだろうか。

思いつくままに作例を挙げても、人質の取り違えという不測の事態や意外な手段を使っての身代金奪取など斬新なアイデアをいくつも盛り込んだエド・マクベイン『キングの身代金』（一九五九年。ハヤカワ・ミステリ文庫）、よりによって宗教の最高権威者を人質に選ぶというジョン・クリアリー『法王の身代金』（一九七四年。角川文庫）、架空の誘拐小説を参考書にして強盗が実際の犯行に及ぶというメタ誘拐小説、ドナルド・E・ウエストレイク『ジミー・ザ・キッド』（一九七四年。同）など秀作揃いである。付け加えるならこの上ない奇手を用いたフレドリック・ブラウン『悪夢の五日間』（一九六二年。創元推理文庫）。酷薄な作風から笑いを誘う小説まで幅広く、未成年を狙う性犯罪を扱ったものまで含めれば、さらに作例は広がる。

そうした厖大な数の先行作があるのだから、おそらくその中に似たものはあるだろう。だが、『ザ・チェーン　連鎖誘拐』にはこの作品にしかない着想がある。扱われている題材の中に、マッキンティならではの悪についての洞察があるのだ。暴力と悪がいかに残虐に人間性を破壊するかということがこの小説には書かれている。

早々に明かされるので、これは書いてもかまわないだろう。愛娘を誘拐されたレイチェルが犯人から指示されたのは、別の誰かの子供を誘拐することであった。そして、その誘拐した子供の親にまた同じような犯行を繰り返させる。つまりカイリーを誘拐したのも、同じように我が子を奪われた親なのである。もしレイチェルが誘拐に失敗したらその親はカイリーを殺し、別の子供を標的にしてまた同じことをする。我が子を解放するための唯一の手段は、自分自身が誘拐という同じ犯罪に手を染めることなのだ。そうしたシステムが〈チェーン〉なのである。

本書を読んで連想したのが、二〇一二年に発覚したいわゆる尼崎事件だ。複数の家族が一人の人間によって乗っ取られて支配下に置かれるという状態が、二十余年にわたって続けられていたという事件である。そうした体制が長期間続けられたのは、被害者の家族が主犯によって虐待や殺人などの行為を強制的に担わされたために共犯関係に陥ったことも大きいとされる。そうした悪の連鎖がいかに成し遂げられたかは、主犯が自殺したため、全貌が明らかにされていない。本書の第一部が読者の心に呼び起こすであろう暗い感情は、この事件について知ったときの茫洋とした不安と通底するものがある。

おそらくそれは、人間が人間ではなくなってしまうという非常事態が描かれているからだろう。〈チェーン〉のような、あるいは尼崎事件のような犯罪は特殊例として非日常化したものだが、実はそれは日常と無縁ではない。社会というシステムには本質的に、個人から自由と独立を奪う可能性が備わっているからである。戦争という最終形を挙げるまでもなく、そうなりかねない例をいくつも想像できるはずだ。

選択の自由が与えられず、システムの中に組み入れられる。マッキンティの視線は、誘拐という犯罪を通し、その先に人間を人間でなくしてしまう社会というシステムを見る。個人と社会とは常に対立する可能性を秘めているが、犯罪小説は暴力によって前者が後者に反抗する機会を描き、関係性を極限まで突き詰めていく。先述したように誘拐小説は強者が弱者を蹂躙する、最も卑劣な犯罪を題材として扱う。犯罪者による暴力の残酷さを描くだけではなく、社会全体に敷衍可能な暗喩として読者の胸に刻みつけた。それが誘拐小説史の中でも本書にしか成し遂げられなかった偉業なのである。

本音を言えば、〈チェーン〉が浮かび上がらせる底知れぬ恐怖感を味わったまま、第一部でこの小説を読むのを止めてしまおうと私は何度か思った。そうすれば小説の印象は強烈なままで永遠に残ったはずである。しかし、それでは物語が完結しないし、第一そういう小説は嫌だという読者も多いはずだ。ご安心を。第二部をもって本作はミステリとしての整合性を保ってきちんと完結する。これまた本音を言えば、マッキンティは私の好みとしては少し書きすぎるところがある。エンターテインメント作家たろうとして、ちょっとサービスしすぎなのだ。しかしこれも好き好きだろう。第一級の誘拐小説として、自信をもってお薦めすることができる。他では絶対に読んだことのない物語を堪能できるはずだ。

作者について少し書いておく。エイドリアン・マッキンティは一九六八年に北アイルランドの都市キャリックファーガスで生まれた。彼の父親は溶接工や船員などの職歴があり、労働者階級の出身である。ウォリック大学で法律、オックスフォード大学で政治と哲学を専攻し、一九九三年に同大を卒業後はニューヨークに移住してさまざまな職に就いている。作家としてのデビュー作は二〇〇三年に発表した*Dead I Well May Be*であり、同作でCWA（英国推理作家協会）の二〇〇四年度スティール・ダガー賞候補になっている。これはベルファスト出身の犯罪者マイケル・フォーサイスを主人公とした犯罪小説で、二作の続篇が書かれて三部作として完結している。ベルファスト出身で後にニューヨークに渡ることになるという身上など、フォーサイスの造形にはマッキンティ自身がかなり投影されているように思われる。

その後はヤングアダルト作品のライトハウス・トリロジー（二〇〇六～二〇〇八年）など複数の作品を手掛け、二〇一二年にベルファストの警察官ショーン・ダフィものの第一作『コールド・コールド・グラウンド』（ハヤカワ・ミステリ文庫。以下同）を発表する。北アイルランドには英国からの独立を目指す運動の長い歴史があるが、テロ活動が最も激化していた一九八〇年代に時計の針は設定されている。ダフィは警察官はほぼプロテスタントである中で黒い羊のようなカソリック信者であり、ＩＲＡのようなカソリック系のテロ組織からは、何かがあれば即裏切者の烙印を押されて処刑の対象にされかねない存在だ。そのように本質的に孤独で寄る辺なき存在である男が、事件解決のために孤軍奮闘するというのがシリーズの基調になっている。『コールド・コールド・グラウンド』がまさにそういう作品だったが、警察は暴動鎮圧や政治犯取り締まりで手一杯で、たった一人が犠牲者になっただけの殺人事件に手を焼いている場合ではないのである。個よりもシステム全体の維持が常に優先される社会で個に執着し続ける主人公、という図式は第一作で明確になった。

先に書いたように、マッキンティには書きすぎる、筆が走りすぎるという惜しい点があり、そこが持ち味にもなっている。『コールド・コールド・グラウンド』を読んだときに私が連想したのはコリン・デクスターが創造したモース主任警部で、次々に仮説を立ててはスクラップ・アンド・ビルドを繰り返す（しかもモースにとってのルイス部長刑事という補佐役なしに）姿は新しい世代の名探偵像なのかもしれないと感じた。しかし走りすぎを反省した気配もあり、第二作の『サイレンズ・イン・ザ・ストリート』（二〇一三年）は前作の欠点を克服した良作となった。シリーズ邦訳作の中では、今のところこれがいちばんいいと思う。

第三作の『アイル・ビー・ゴーン』（二〇一四年）は英訳された島田荘司『占星術殺人事件』（一九八一年。講談社文庫）の影響を受けたとされる作品である。島田自身による同作の文庫解説によれば、『サイレンズ・イン・ザ・ストリート』執筆中にマッキンティは英訳版を読んだとのことで、感化を受けているのは以降の作品なのだという。その読書体験が新鮮だったのか、『アイル・ビー・ゴーン』内には謎解き小説のいろはについてダフィが講釈を垂れる場面などがあって、ミステリ研究会の先輩と後輩の会話を見ているようで微笑ましい。実際に読んでみた印象としては、『アイル・ビー・ゴーン』は密室構成トリックなどもごく初歩的なものである。マッキンティはこのシリーズの第五作 *Rain Dogs* でアメリカ探偵作家クラブ（ＭＷＡ）賞最優秀ペイパーバック部門を受賞しており、同作もやはり探偵小説的なアプローチが試みられた作品である。これは訳者の武藤陽生氏に直接指摘されて気づいたのだが、『アイル・ビー・ゴーン』には本歌である『占星術殺人事件』のプロットの換骨奪胎に挑んだ形跡があり、そうした構造などにも着目しなければ真価はわかりにくい面がある。いずれにせよ、以降の続刊で島田ショック以降のダフィ・シリーズがどう変貌したかについては再確認したいところだ。

マッキンティについては衝撃的な出来事がある。ダフィ・シリーズの第六作である *Police at the Station and They Don't Look Friendly* を発表したあと、小説執筆では労働の対価に満たない収入しか得られないから、という理由で彼は作家廃業を宣言し、ウーバードライバーに転職してしまったのだ。その現状を聞きつけたドン・ウィンズロウがマッキンティの才能を惜しみ、自身のエージェントでもあるシェイン・サレルノを彼に紹介した。サレルノがマッキンティを説得し、アメリカを舞台にした小説を書くように勧めた結果、できあがったのがこの『ザ・チェーン　連鎖誘拐』なのだ。マッキンティがどこから連鎖誘拐という着想を得たかは作者あとがきに書かれているし、ドン・ウィンズロウによる彼のインタビューがこのあと早川書房の媒体にも掲載される予定だというので、ここでは筆を重ねる愚は避けておこう。インタビューを読むと、マッキンティが若いときに吸収したアメリカ産ドラマや犯罪小説が、彼の思惟を繰り広げるための土壌になっているということが理解できる。

怒りを燃やして走る男、エイドリアン・マッキンティ。これからどこに行くんだろう。ウーバーのドライバーだって悪い職業ではないと思うけど、あんたにはいろいろな犯罪をもう少し書いてもらいたいと思うんだ。
なあ、いいだろう？

二〇二〇年一月

アイル・ビー・ゴーン

In The Morning I'll Be Gone

エイドリアン・マッキンティ
武藤陽生訳

元刑事ショーンに保安部《MI5》が依頼したのはIRAの大物テロリスト、ダーモットの捜索。ショーンは任務の途中で、ダーモットの親族に取引を迫られる。四年前の娘の死の謎を解けば、彼の居場所を教えるというのだ。だがその現場は完全な〝密室〟だった……刑事〈ショーン・ダフィ〉シリーズ第三弾　解説／島田荘司

ハヤカワ文庫

地下道の少女

Flickan under gatan

アンデシュ・ルースルンド＆
ベリエ・ヘルストレム
ヘレンハルメ美穂訳

真冬のストックホルム。バスに乗せられた子ども四十三人が警察本部の近くで置き去りにされる事件が発生した。さらに病院の地下通路で、顔の肉を抉られた女性の死体が発見される。グレーンス警部らはふたつの事件を追い始めるが……。地下道での生活を強いられる人々の悲劇を鮮烈に描いた衝撃作。解説／川出正樹

ハヤカワ文庫

天国でまた会おう（上・下）

ピエール・ルメートル

Au revoir la-haut

平岡　敦訳

〔ゴンクール賞受賞作〕一九一八年。上官の悪事に気づいた兵士は、戦場に生き埋めにされてしまう。助けに現われたのは、年下の戦友だった。しかし、その行為の代償はあまりに大きかった。何もかも失った若者たちを戦後のパリで待つものとは——？　『その女アレックス』の著者によるサスペンスあふれる傑作長篇

ハヤカワ文庫

さよなら、愛しい人

Farewell, My Lovely

レイモンド・チャンドラー
村上春樹訳

刑務所から出所したばかりの大男、へら鹿マロイは、八年前に別れた恋人ヴェルマを探しに黒人街の酒場にやってきた。しかしそこで激情に駆られ殺人を犯してしまう。偶然、現場に居合わせた私立探偵のマーロウは、行方をくらましたマロイと女を探して夜の酒場をさまよう。狂おしいほど一途な愛を待ち受ける哀しい結末とは？　名作『さらば愛しき女よ』を村上春樹が新訳した話題作。

災厄の町〔新訳版〕

Calamity Town

エラリイ・クイーン

越前敏弥訳

三年前に失踪したジムがライツヴィルの町に戻ってきた。彼の帰りを待っていたノーラと式を挙げ、幸福な日々が始まったかに見えたが、ある日ノーラは夫の持ち物から妻の死を知らせる手紙を見つけた……奇怪な毒殺事件の真相にエラリイが見出した苦い結末とは？　巨匠の最高傑作が、新訳で登場！　解説／飯城勇三

ハヤカワ文庫

九尾の猫〈新訳版〉

Cat of Many Tails

エラリイ・クイーン

越前敏弥訳

次々と殺人を犯し、ニューヨークを震撼させた連続絞殺魔〈猫〉事件。〈猫〉が風のように街を通りすぎた後に残るものはただ二つ——死体とその首に巻きついたタッサーシルクの紐だけだった。〈猫〉の正体とその目的は？　過去の呪縛に苦しむエラリイと〈猫〉との頭脳戦が展開される。待望の新訳。　解説／飯城勇三

訳者略歴　早稲田大学第一文学部卒，英米文学翻訳家　訳書『拳銃使いの娘』ハーパー，『その雪と血を』ネスボ，『われらの独立を記念し』ヘンダースン，『わが名はレッド』スミス（以上早川書房刊）他多数

HM=Hayakawa Mystery
SF=Science Fiction
JA=Japanese Author
NV=Novel
NF=Nonfiction
FT=Fantasy

ザ・チェーン　連《れん》鎖《さ》誘拐《ゆうかい》

〔下〕

〈HM462-5〉

二〇二〇年二月二十日　印刷
二〇二〇年二月二十五日　発行
（定価はカバーに表示してあります）

著者　エイドリアン・マッキンティ
訳者　鈴《すず》木《き》恵《めぐみ》
発行者　早川　浩
発行所　株式会社　早川書房

郵便番号　一〇一 - 〇〇四六
東京都千代田区神田多町二ノ二
電話　〇三 - 三二五二 - 三一一一
振替　〇〇一六〇 - 三 - 四七七九九
https://www.hayakawa-online.co.jp

乱丁・落丁本は小社制作部宛お送り下さい。
送料小社負担にてお取りかえいたします。

印刷・三松堂株式会社　製本・株式会社フォーネット社
Printed and bound in Japan
ISBN978-4-15-183305-2 C0197

本書は活字が大きく読みやすい〈トールサイズ〉です。